JN210090

中世ラテン年代記

ブリトン人の歴史

Historia Brittonum

伝ネンニウス

瀬谷幸男

［訳］

論創社

ブリトン人の歴史　目次

ブリトン人の歴史

ネンニウスの序文

キリストの下僕らの中で身卑《み》しき召使ネンニウスは、主なる神の恩寵により、聖エルボトゥス(1)の弟子として、真理の御《み》言葉に従うすべての人びとへご挨拶を申しあげます。

あなた方の慈悲によりお知りおき下さい、私は才能に乏しく言葉も未熟者であるが、自分の流儀に従い、無きに等しい極めて浅薄で取るに足らない自らの学問に頼ることなく、一つはわれわれの父祖の伝承から、一つは古《いにしえ》のブリタニア人の書物や記録から、一つはローマ人の年代記から、さらにイシドルス、(2)ヒエロニュムス、(3)プロスペルス、(4)エウセビウスら(5)教父の年代記から、さらには自らの嗜好には従わずに、できうるかぎり敵のスコット人（アイルランド人）やサクソン人らの歴史ものから、わが年長者らの命令に従い、ラテン語でこれらの事ごとを敢えて物語ることを企てました。私は至るところからさまざまな出典《ソース》を収集し、この一冊の史書を口籠《ごも》りながらまとめ上げました。そして、私は過去の営為である残りの麦の落ち穂拾いを恥じらいながら後世の人びとの記憶に伝えるよう努めました。それは、彼らが自らの豊作が見知らぬ異邦人らの敵意ある収穫者らに、あちこちと先に摘み取られたことを知り、彼らが心の底から踏み躙《にじ》られないためであります。というのは、多くのことに阻《はば》まれて、私は必要に応じて他の人びとの陳述を浅薄にも殆ど理解することができませんでした。況《いわん》や自力では十分に金槌で叩いて理解することもできずに、野蛮人（異邦人）のように、他の人びとの言葉を無分別にも損ない、台無しにしました。

しかし、私はかつて名高く卓越した自国民の名前が忘却の彼方へ沈んで雲散霧消することを、わが胸中を巡る内なる恥辱とし不本意にも耐えていました。しかし、私は自らに課されたこの労力をより望ましく成し遂げることができる人びとが多くいようとも、私は兎に角自ら誰よりもブリトン人の歴史の記述者となりたいがため、わが言葉の不粋さによりその耳を汚す読者らに対し遜《へりくだ》って懇願します、彼らがわが年長者らの願望を遂行し、われらが歴史（物語）に率直に聞き入るという容易な任務を、私に与えてくださることを。というのは、自制心のない努力はじつによく失敗に終わるからであります。しかし、煮え滾《たぎ》る熱意は、もしそれが可能なら、私が間違えることを許さないでしょう。それゆえに、わが言葉の無粋《ぶすい》さで不十分なところには、虚心坦懐さが十分に示されますように。そして、わが野暮さが敢えて未熟な言葉の犂《すき》で耕したこの史書が、そのために聴衆（読者）の耳にその価値を失いませんように！　なぜなら、蜂蜜入りの甘美な雄弁の毒を黄金の盃で味わうことより、どんな安価な容器でさえも一杯の健全なる真実を飲み干すことの方がより安全であるからです。

それゆえに、慎重なる読者よ、苛立《いら》つことなく言葉の籾殻《もみがら》を捨て、わが史書の穀粒を記憶の倉庫に貯えてください。誰が語るかとか、いかに語るかではなく、何を語るかのその内容こそが、真理の証拠としてより留意し賛同すべきでありますから。というのは、人は誰も泥のなかに横たわるものを拭《ぬぐ》って綺麗にしたあと、その宝石を見下《みさ》げて評価をする人はいません。その宝石は高い値がついたあとは、その人の宝物倉に値するものであるからです。というのは、私は寛大なる熱意に燃えて、ローマ人の雄弁という掬い網により、彼らの言語を異国人のように話す耳障りな要素を円滑にする努力をされた偉大な雄弁家らを信じます、もし私が永続すると信じた史書のいかなる柱をも、彼らが掻き乱し揺るがせにしないならばです。したがって、この史書は私より優れた人びとのためではなく、私よりも劣る年下の若い人びとを援助するため、われらが主の托身から八五八年に、しかしブリトン人のメルヴィン王(6)(Mervin)の治世二〇年目に書かれたものであります。そして、私はこの労力の報酬としてより優れた人びとの懇願によって報いられることを切望いたします。しかし、これは序文によるだけで十分です。私は力の限りその他残りの部分を謙《へりくだ》って忍耐強く完全に補ってまいります。

ネンニウスの弁明文

エルヴォドグス[1]（Elvodgus）の弟子ネンニウスはブリタニア島のじつに短い賛辞を収集しました。

私、聖エルヴォドグスの弟子ネンニウスは、このブリタニア島の教師らが知識を持っていないか、あるいは書籍で言及しなかったゆえに、若干の抜粋を書く努力をしてきました。しかし、私は、ローマ人の年代記と同じく教父たち、すなわちヒエロニュムス、エウセビウス、イシドルス、プロスペルス、その上アイルランド人やサクソン人の年代記とわれわれの古《いにしえ》の伝説や伝承のすべてを集めました。多くの教師や写字生らがこれを書こうと試みてきました。しかし、彼らはその困難さゆえに、なぜか中途でやめてしまいました。じつに頻繁な死のためか、あるいは戦争のじつに頻繁な損傷のためにです。私は願います、この書を読むすべての読者が、おしゃべりなカケスさながら、あるいはある無力で弱い証人のように、多くの失敗者のいたあとで、敢えてこの書物を書いた私をお赦し願いますことを。私はこれらの知識でより優る人びとに従い道をお譲りします。

Ⅰ　世界の六つの時代区分について

1

世界の原初から（ノアの）洪水までは二二四二年である。洪水からアブラハムまでは九四二年である。アブラハムからモーゼまでは六四〇年である。モーゼからダヴィデまでは五〇〇年である。

2

ダヴィデからネブカドネザル[1]までは五六九年である。アダムからバビロニア虜囚[2]までは四八七九年である。

3

バビロニア虜囚からキリストまでは五六六年である。しかし、アダムからキリストの受難までは五二二八年である。

4
しかし、キリストの受難から七九六年がたち、キリストの托身から八三一年である。

5
従って、アダムからノアまでは世界の第一時代である。ノアからアブラハムまでは第二時代である。アブラハムからダヴィデまでは第三時代である。

6
ダヴィデからダニエル[1]までは第四時代である。ダニエルから洗礼者ヨハネまでは第五時代である。ヨハネからわれらの主イエス・キリストが生者と死者を審判して火により絶滅するために再臨する（最後の）審判（の日）までは第六時代である。

II　ブリトン人の歴史

7

ブリタニア島はいわばローマの執政官ブルートゥスに因み命名された。この島は南北の地点から西の方向へ少し起伏し、長さ（縦《たて》）八〇〇マイル、幅（横）二〇〇マイルの面積を有する。この島には二八の都城と石と煉瓦で造られた数え切れない城砦をもつ無数の岬があり、そこには、スコット人[1]、ピクト人、サクソン人、それにブリトン人の四つの人種が住んでいる。

8

ブリタニア島には三つの大きな島があり、それらの一つはアルモリカ[1]（ブルターニュ）の海岸に対面して、ワイト島[2]と呼ばれる。第二の島はヒベルニア[3]とブリタニアの間の海の真ん中にあり、その名はエウボニア、つまりマナウ島[4]と呼ばれる。もう一つはピクト族[5]を遥かに越えて、ブリタニア島の北限に位置し、オルク、つまりオークニー諸島[6]と呼ばれる。こうして、支配者や王に言及するときは、古来の諺で「彼は三つの島々と共にブリタニア島を支配した」という。

9

この島にはあらゆる方向、つまり東西南北へ向かって合流する多くの川があるが、その他の川より特に有名な二つの川、つまりブリタニアの二本の腕のようなテムズ川[1]とサブリナ川[2]がある。これらの川を通って昔は船が商売によって得た富を運んで往来した。ブリトン人らはかつてこの島に満ちあふれて、海から海まで[3]この島を支配した。

10

ノアの洪水の後にいつ頃この島に人間が住みついたかを、誰か知りたい人がいるならば、わたしは次のような二つの証拠を発見した。ローマ人らの年代記にはこのように記されている。つまりアエネアース[1]はトロイア戦争後に彼の息子アスカニウス[2]を伴いイタリアへやってきて、トゥルヌス[3]（Rutuli族の王）を征服し、サトゥルヌスの息子ピクス、その息子ファウヌス、その息子ラティヌス[4]の娘ラウィニアを妻に迎えて、ラティヌス（王）の死後に、彼（アエネアース）はローマ人の、またはラティニー族[5]の王国を支配した。しかし、アエネアースは（ローマ市の母市）アルバ・ロンガ市[6]を創建して、その後に妻を娶り、シルウィウス[7]という名の息子を儲けた。しかし、シルウィウスは妻を娶って、彼女が妊娠すると、義理の娘が妊娠したことをアエネアースに知らされて、彼の息子アスカニウスのもとへは、彼の妻を詳しく調べるために彼の魔術師を送り、胎内には男それとも女が宿っているかを調べさせた。こうして、魔術師はその妻を詳しく調べると、彼は引き返った。次のような予言をしたゆえに、この魔術師はアスカニウスによって殺害された。というのは、「その女は男の子を懐妊しており、その子は死神《しにかみ》の息子となろう。なぜなら、彼は自分の父と母を殺し、すべての人びとに嫌われるであろう」と、その魔術師はアスカニウスに言ったからである。その通りのことが起こった。すなわちその息子が生まれたときに、その女は死んで、息子は養育されて、彼の名前はブルートゥスと呼ばれた。魔術師の予言から長い時が過ぎ、彼が他の子供らと遊んでいる間に、故意ではなく偶然にも、彼は彼の父を槍の一撃で殺した。こうして、彼はイタリアから追放されてローマへ逃れ、ティレニア海[8]の島々に辿り着き、そしてアエネアースが殺害したトゥルヌス王の殺害の廉でギリシアを追放され、ガリア[9]まで到達し、そこにトゥルニス[10]と呼ばれるトゥロネース人（現在の仏・Tours）の街を創建した。そしてその後に、彼は自分の名前から命名したその島、すなわちブリタニア島に到着し、この島を自らの種族で満たしてそこに住んだ。その日から今日に至るまで、ブリタニア島には人びとが住み着いている。

11

アエネアースはラティウム人らを三年間支配した。アスカニウスは三七年間支配した。彼の後にアエネアースの息子シルウィウスが一二年間支配して、ポストゥムスが三九年間支配した。ポストゥムスからアルバの諸王はシルウィウスと呼ばれたが、彼はブルートゥスの兄弟であった。ブルートゥスがブリタニアを支配していたとき、高位聖職者エリ[1]（Heli）はイスラエルで裁く人であった。そのとき（ユダヤ教の）（契約の箱）[2]が異教徒によって略奪された。彼（ブルートゥス）の弟ポストゥムスがラティニー族を支配していた。

12

八〇〇年もの長きにわたる年月の後に、ピクト族が襲来し、オークニーと呼ばれる島々を占領した。その後、彼らはこの諸島の多くの地域を荒廃させて、ブリタニア島の北部の地域を占拠して、今日に至るまでブリタニア島の三分の一の部分を所有して、その地域に居留している。

13

しかしその後、アイルランド人がヒスパニア（スペイン）の諸地域からごく最近アイルランドへやってきた。最初はパーソロン[1]が一〇〇〇人の男女を伴ってやってきたが、彼らは四〇〇〇人まで人数が増えた。しかし、疫病が彼らを襲い、一週間で全員が死に絶え、彼らの内誰一人も生き残らなかった。二番目に、あるアグノメンの息子であるニメトがアイルランドへやってきた。彼は海上を一年半の間航海し、その後彼の船が難破したので、アイルランドの港に停泊し、長い年月そこに逗留して、再び彼の部下たちと一緒に出帆し、ヒスパニアへ帰った。その後、ヒスパニアの兵士の三人の息子らが三〇艘の平底船と、各一艘ごとに三〇人の妻を乗せてやってきて、そこに一年の間逗留した。それから、彼らは海の真ん中に硝子の塔を見て、その塔の上に人びとの姿を認め、彼らに話しかけようと思ったが、彼らは決して答えなかった。遂に一年後に、彼らはその塔を、三〇人の男と同じ数の女が乗っていた難破して壊れた一艘の平底船を除いて、彼らのすべての平底船とすべての女たちと共に急遽その塔を攻囲しようとした。こうして、その他の船はその塔を攻撃するため海上を進んで行った。そして、皆がその塔を取り巻く海岸に下船しようとすると、海が彼らを覆い包んで飲み込んで、彼らは海に沈んでしまい、彼らの誰一人も逃れられなかった。しかしながら、難破したため一艘の平底船に残った彼らの家族によって、アイルランド全土は今日に至るまで人々で満たされている。その後に、徐々にその他の人々がヒスパニアの地域からやってきて、彼らはブリタニア島のじつに多くの地域を所有している。

14

最後に、ダムホクトルがやってきて、彼の一族全員と共に今日までブリタニアに住んでいた。イストリヌスの息子イストレットは彼の部下たちと共にダルリエタ[1]に到達した。しかし、ブイレは部下たちと共にエウボニア島（＝マン島）とその周辺の島に達した。リエタンの息子らはクネダと彼の息子らによってブリタニア島の全域から追放されるまで、ディメタイ[2]の地域とその他の諸地域、つまりグイル・ケトグエリを占有していた。

15

アイルランドはいつ人が住みつき、あるいはいつ住む人もなく荒涼としていたかを知りたければ、アイルランドの学識ある人びとはわたしに次のように伝えてくれた。それはユダヤ教の律法《トーラ》に書いてあるように、イスラエルの子らが紅海を渡った時[1]、エジプト人らが後を追いかけてきて溺死した。そのエジプト人らの間に、大家族を率いたスキティア[2]の一人の貴族がいた。その貴族は彼の王国から追放されてエジプトにいた。エジプト人らが溺れた時に、彼は神の民を追跡しようとはしなかった。しかし、生き残った人びとは彼が彼らの王国を包囲して占拠しないように、彼を追放しようと相談しあった。なぜなら、彼らが紅海で溺死し、彼が追放されたからである。しかし、彼は四二年間アフリカを彷徨《さまよ》い、塩湖[3]（lacus Salinae）を通って、ペリシテ人[4]らの聖壇に到着した。そして、彼らはルッシカダ[5]の港とアザリア[6]の山脈に至り、それからマルウァ川[7]を過ぎ、マリタニア人の国[8]を通ってヘルクレスの柱[9]に辿り着いた。それから、彼らはティレニア海[10]を航海して、遂にはヒスパニアまで到達し、そこで長年に亘って住み着いて、彼らは幾倍にも増大し、彼らの種族は大いに増加した。その後、彼らはエジプト人らが紅海で溺死して一〇〇二年後にダリエタ地方[11]に辿り着いた。その当時は、ブルートゥスがローマ人民を支配していた。そして、彼から歴代の執政官職が始まり、次に護民官と独裁者らとが続いた。執政官らが以前は王権によって有罪判決されていた共和国を四四七年間に亘って統治した。

ブリトン人らは世界の第三時代にブリタニアへやってきた。しかし、アイルランド人らは第四時代にアイルランドを確保した。西に住むアイルランド人と北方のピクト人らはブリトン人らを絶えず一緒に一斉攻撃して襲った。なぜなら、ブリトン人らは武器を用いなかったからである。そして、長い年月を経た後に、ローマ人らは全世界の君主国を統治した。

16

サクソン人がブリタニアへきた最初の年からメルメヌス王[1]の四年までは、四二九年の年月が数えられる。主の生誕から聖パトリキウス[2]のアイルランド人らのもとへの到着までは四〇五年である。聖パトリキウスの死から聖ブリギダ[3]の死までは六〇年である。そして聖コルンバ[4]の誕生から聖ブリギダの死までは四年である。

この計算の出発点。それはわれらが主の托身から聖パトリキウスのアイルランド到着までは一九年の二三周期で、四三八年になる。また、聖パトリキウスの到着からわれわれが生きる現在までは一九年の二二周期であり、つまり四二一年となる。

17

わたしはこのブルートゥスについて別の証拠をわが祖先の古い書物から発見した。洪水の後で、ノアの三人の息子らは世界を三つの異なる部分に分割した。セムはアジアで、ハムはアフリカで、ヤペテはヨーロッパで自らの境界を拡げた。ヨーロッパにきた最初の人間はヤペテの血統のアラーヌスであり、彼の三人の息子と一緒であった。彼らの名前はヘシティィオ、アルメノンとネグエである。しかし、ヘシティィオは四人の息子を持っていた。彼らはフランクス、ロマヌス、ブリット、アルバヌスである。アルメノンは五人の息子を持っていた。つまりゴトゥス、ヴァラゴトゥス、ゲビドゥス、ブルグンドゥスとロンゴバルドゥスである。しかし、ネグエは三人の息子と持っていた。すなわちヴァンダルス、サクソとボグアルスである。しかし、ヘシティィオからはフランク族、ラテン族、ゲルマン族とブリトン族の四つの民族が生じた。アルメノンからはゴート族、ヴァラゴート族、ゲビド族、ブルグント族とロンゴバルディ族の五つの民族が生まれた。しかし、ネグイオからはボグアリ族、ヴァンダル族、サクソン族とトゥリング族の四つの民族が生まれた。それらの民族はヨーロッパ全土に枝別れした。しかし、アラーヌスはフェテビルの息子であったと言われる。彼（フェテビル）はオウゴムンの息子、彼はトゥウスの息子、彼はボイブの息子、彼はシメオンの息子、彼はマイルの息子、彼はエタクの息子、彼はアウルタクの息子、彼はエクテトの息子、彼はオトの息子、彼はアビルの息子、彼はラの息子、彼はエズラの息子、彼はエズラウの息子、彼はバアトの息子、彼はヨバアトの息子、彼はヨヴァンの息子、彼はヤペトの息子、ヤペトはノアの息子、ノアはラメクの息子、ラメクはマツサラの息子、マツサラはエノックの息子、エノックはヤレトの息子、ヤレトはマラレヘルの息子、マラレヘルはカイナンの息子、カイナンはエノスの息子、エノスはセトの息子、セトはアダムの息子、アダムは生きた神の息子である。わたしは古い伝承からこの知識を発見した。

18

ブリタニアの最初の住民らがブリトン人と呼ばれたのはブルートゥスに由来する。ブルートゥスはヘシティオの息子、ヘシティオはアラーヌスの息子、アラーヌスはレア・シルヴィアの息子、レア・シルヴィアはヌマ・パンピリウスの娘、ヌマはアスカニウスの息子、アスカニウスはアエネアースの息子、アエネアースはアンキセースの息子、アンキセースはトロウスの息子で、トロウスはダルダヌスの息子、ダルダヌスはフリサの息子で、フリサはユワヌスの息子、ユワヌスはヤペトの息子である。

ヤペトは七人の息子がいて、第一子がゴメルで彼からガリア人が出た。第二子はマゴグで、彼からスキタイ人とゴート人が出た。第三子はマダイで、彼からメディー人、アッシリア人、ペルシャ人、パルティア人ら(1)が出た。第四子のユヴァンからギリシア人が出て、第五子のチュバルからヘブライ人とヒスパニア人とイタリア人が出た。第六子のモソクからカッパドキア人、第七子のティラスからはトラキア人(2)が出た。彼らはラメクの息子、ノアの息子、ヤペトの息子である。

それでは、今やわたしが脱線したところへ戻ることにしよう。

19

ローマ人らは全世界の支配権を握ると、他のすべての島々から受け取っていたように、ブリトン人から人質や朝貢《ちょうこう》を要求するため、彼らはブリトン人のもとへ使者を遣わした。しかし、ブリトン人らは専制的で傲慢であったので、これらのローマの使者らを侮って無視した。するとその時、ローマで絶対的支配権を掌握した最初の人であるユリウス・カエサルは激怒して六〇艘の平底船を率いてブリタニアへやってきて、テムズ川河口に停泊した。しかし、カエサルがブリトン人の王の前執政官で、ベリヌスとも呼ばれ(1)、ティレニア海の全島を占領していたミノカンヌスの息子(2)であったドロベルスと(3)戦っている間に、彼の船団はすべて座礁した。こうして、ユリウスは兵士らが死に船も破壊されて、勝利を収めることなく帰国した。

20

そして、三年後に彼は大軍と三百艘の船団を率いて再びやってきて、テムズ川と呼ばれる河口まで到着した。そして、そこで彼らは戦闘を開始し、彼の多くの軍馬と兵士らが死亡した。なぜなら、上述した前執政官（ドロベルス）が鉄の尖った戦闘用の挿し木、つまり鉄菱《てつびし》をテムズ川の浅瀬に置いたからである。この目に見えない戦術はローマの兵士らにとって大きな障害となって、彼らは和平もなく今回も立ち去っていった。トリノヴァントゥム[1]と呼ばれる場所の近くで三度目の戦いがあった。こうして、キリストの生誕前（紀元前）四七年、しかし、世界の開闢から五二一五年に、ユリウスはブリタニアの民族を征服した。

従って、ユリウスは初めてブリタニア島に到来して王国と民族を支配した。そして、彼に敬意を表して、ローマ人たちは第五の月（Quintilis）を「ユリウス=Julius」と呼ぶべきことを裁定した。そして、三月一五日に、ガイウス・ユリウス・カエサルは元老院議院で暗殺されて、オクタウィアヌス・アウグストゥス[2]が全世界の君主として後継した。彼一人だけがブリタニアから朝貢を受けた。ウェルギリウスはこう詠う――

「ブリトン人は刺繍した深紅の緞帳《どんちょう》を掲げる」（農耕詩Ⅲ・25）

21

彼（ユリウス）の後に、皇帝クラウディウスが[1]第二番目にきて、キリスト生誕後四八年間ブリタニアを支配し、彼は大きな戦闘と殺戮を行い、兵士らの損害は少なくはなかったが、彼はブリタニアで勝利者となった。その後、彼は船団でオークニー諸島へ進軍して征服し、朝貢を課した。彼の時代に、ブリタニアからローマへ朝貢を納めることはなかったが、その朝貢はブリトン人の皇帝らへ支払われた。クラウディウスは一三年と八ヶ月の間支配した。彼の記念碑はランゴバルディア人[2]らの間のモガンティア[3]に見られる。彼はローマへ向かう途中に、その地で亡くなった。

22

キリスト生誕後の一六七年に、ブリタニアの王ルキウス王[1]はローマ皇帝とローマ教皇エウカリストゥス[2]が遣わせた使節団によって、ブリタニア全人民のすべての規定と共に洗礼を受けた。

23

海を渡ってブリトン人のもとへきた第三番目のローマ皇帝はセヴェルス[1]であった。そこで、彼は野蛮人の襲撃から取り戻した（属州の）諸地域をより堅固にするため、ブリタニア島を横に海から海まで、すなわち一三二マイルに亘って、城壁と堡塁を築き、それはブリトン語でグワウル（Guaul）「城壁」と呼ばれた。それゆえに、彼はブリトン人とピクトとアイルランド人の間にその城壁を造ることを命令した。なぜなら、アイルランド人は西から、そしてピクト人は北から一致協力してブリトン人に攻撃を仕掛けてきたからであり、一方で、彼ら自身の間（ピクト人とアイルランド人）では和睦を結んでいたからである。暫《しばら》くして、セヴェルスはブリタニアで亡くなる。

24

第四番目は皇帝にして独裁者カラウシウス[1]であった。彼はまた暴君としてブリタニアへやってきた。それゆえに、彼はセルヴェルスの死に復讐し、彼と一緒にブリタニアにいたローマ人民のすべての指揮官らを率いて、ブリトン人らのすべての諸侯を刺殺して、彼らにセヴェルスのため激しく復讐し、ブリタニアの深紅色（緋色）の衣（王侯の地位）を手に入れた。

25

第五番目はコンスタンティヌス大王[1]の息子であるコンスタンティヌス[2]であった。彼はここで（ブリタニア）死んで、彼の墓は、石塚にある文字が示すように、カイル・セゴント[3]と呼ばれる街に見られる。彼は三つの種子、すなわち金、銀、銅の種子を上述した街の舗装道路に蒔いた。それはこの街に決して貧しい人が住まなくするためであった。それは別名でミンマトン[4]と呼ばれる。

26

ブリタニアで支配した六番目の皇帝はマクシムスであった[1]。彼の時代から、執政官らが駐在し始めて、それ以降彼らは元首または君主（Caesares）とは決して呼ばれなかった。この時代に聖マルティヌス[2]がその美徳と奇蹟で有名となり、マルティヌスはマクシムスと話しをした。

27

ブリタニアで支配した七番目の皇帝はマクシミアヌス[1]であった。彼はブリトン人のすべての兵士らを率いてブリタニアから出発し、ローマ人の王グラティアヌス[2]を殺害して全ヨーロッパの支配権を掌握し、彼と共に出発した兵士らをブリタニアの彼らの妻らや息子ら、それに彼らの所有財産のもとへ送るのを嫌って、彼らにユピテル山[3]（Mons Jovis）の頂上にある湖からカント・グイックと呼ばれる街と西のトゥムルス、すなわちクルク・オッキディエントに至る多くの地帯を与えた。彼らはアルモリカのブリトン人となり、今日に至るまでブリタニアへ戻ってこない。それゆえに、ブリタニアは外国の民族らに占領されて、主なる神が彼らに援助を与えるまで、市民らは追放された。

われわれの祖先の古い伝承によれば、七人の皇帝がローマからブリタニアにきたとされる。しかし、ローマ人らは九人と言っている。八番目はもう一人のセヴェルスで、彼は時にはブリタニアに留まり、時にはローマへ行って、そこで亡くなった。九番目はコンスタンティヌスであった。彼は一六年間ブリタニアで支配して、彼の支配の一六年目にブリタニアで死んだ。

28

これまで、ローマ人らは四〇九年間ブリトン人を支配してきた。しかし、これ以降は、ブリトン人らはローマ人の統治を遠ざけて、彼らに貢物も与えることも、ブリトン人らを支配しようとする彼らの王を受け入れることもしなかった。またローマ人らは敢えてこれ以上ブリタニアを支配するためやってくることがなかった。なぜなら、ブリトン人らが彼らの指揮官らを殺害したからである。

29

再び暴君マクシミアヌスの話に戻らなければならない。グラティヌスは弟ヴァレティアヌス(1)と共に六年間支配した。ミラノの司教アンブロシウス(2)はカトリックの教義に秀でた人と見なされていた。ヴァレンティアヌスはテオドシウス(3)と共に八年間支配した。司教会議が三一八人の教父らによってコンスタンティノープルで開催されて、そこですべての異端者らは断罪された。当時ベツレヘムの司祭ヒエロニュムス(4)は全世界にあまねく知れ亘っていた。グラティアヌスが全世界に指揮権を振るっていた間は、ブリタニアにおける兵士らの反乱のため、マクシムスが皇帝とされた。彼は間もなくガリアへ渡った間に、グラティヌスはパリで彼の騎兵隊の師メロブラウドゥスの裏切りによって敗北して、ルグドゥヌム[5]へ逃れたが捕らえられ殺害された。マクシムスは彼の息子ヴィクトルを同僚とした。トゥールの司教マルティヌス[6]は大いなる威徳で名声を博していた。それから暫く時が経過すると、マクシムスはヴァレンティアヌスとテオドシウスの二人の執政官によって王権を剝奪されて、アクイレイア[7]から三マイルの標石のところで王の衣裳を奪われて出廷させられ極刑に処された。彼の息子ヴィクトルは同じ年に重鎮アルガバステスによってガリアで殺害された。

30

ローマの指揮官らはブリトン人らによって三度殺害された。しかし、異邦人種、すなわちアイルランド人やピクト人らに悩み苦しめられていた間は、ブリトン人らはローマ人らの援助を切望していた。従って、使節団が送られる間は、彼らは大きな悲嘆の表情を浮かべて、彼らの頭上は砂利に覆われて入ってきて、諸侯らの殺害の罪を償うためにローマの執政官らに大いなる贈り物を運んできた。そして、執政官らは使節団からの有難い贈り物を受け取った。そして、いかに厳格であろうとも、ローマ人の法の軛を誓約して受け入れることを約束した。それゆえに、ローマ人らは大隊を組んでブリトン人らの援助にやってきて、ブリタニアに指揮官と共に皇帝らを一緒に置いて、軍隊はローマへ帰って行った。このようなことが、三四八年間に一年置きに繰り返された。しかし、ブリトン人らはローマ帝国の圧政のため、ローマ人指揮官らを殺害して、その後に再び援助を請い求めた。しかし、ローマ人らは支配と援助と解放のためにやってきて、彼らはブリタニアから金、銀、銅とあらゆる高価な衣裳や蜂蜜を略奪し、大凱旋して帰って行った。

31

上に述べたブリトン人とローマ人の間の戦闘が終わり、彼らの指揮官らが殺害されて、暴君マクシムスの殺害と、ブリタニアにおけるローマ人支配の終焉の後に、ブリトン人らは四〇年もの間恐怖に晒されていた。当時はグオルティギルヌス[1]（ヴォーティガン）がブリタニアを支配し、彼自身が支配している間、ピクト人とアイルランド人の恐怖と、ローマ人らの攻撃とさらに聖アンブロシウスの恐怖に追い立てられていた。そうする間に、ゲルマニアから追放されて亡命してきた三艘の平底船が（ブリタニアへ）到着し、その中にはホルサとヘンギストゥス[2]がいた。彼ら二人は兄弟で、グイグトグリスの息子らであり、グイグドグリスはグイグタの、グイグタはグエクタの、グエクタはウォーデンの、ウォーデンはフレアラフの、フレアラフはフレドゥルフの、フレドゥルフはフィンの、フィンはフォデパルドの、フォデパルトはゲタの、ゲタは人々が言うように、ある神の息子であった。ゲタ自身は神の中の神、真に軍勢の神ではなく、彼らが崇拝していた偶像の一人であった。グオルティギルヌスは彼ら二人を丁重に迎え入れて、彼らの言葉でサネット[3]、ブリトン語でルオイムと呼ばれる島を譲渡した。グラティアヌスが聖エクィティウス[4]と共に再び支配していた。サクソン人らはキリストの受難の後三四七年にグオルティギルヌス（ヴォーティガン）によってブリタニアへ迎え入れられた。

32

その時代に、聖ゲルマヌス[1]が説教するためブリタニアにきて、彼はブリトン人らの間では多くの美徳で名高い人であり、多くの人々が彼によって救済されたが、より多くの人々が地獄へ堕ちて死んで行った。神が彼を通して行った奇蹟をいくつか書き留めて置こう。奇蹟の中の彼の最初の奇蹟。その名をベンリ（Benli）という邪悪で大変な暴君の王がいた。この神聖なる男（聖ゲルマヌス）は彼に説教するため、この邪悪な王のもとへ急いで訪ねたいと思った。しかし、この神の人自身が彼の随行者らと共にの門戸までやってくると、門番が出てきて彼らに挨拶した。彼らはその門番を王のもとへ遣わせたが、王は彼らに冷淡な返答をして、こう誓って言った。たとえ彼らが年の頭（奇妙なケルト的な言い回し。すなわち「一年間」を意味する）までその場いても留まっても、彼らはわが都城の中へ決して入れてはならない。こうして、彼らは門番がその暴君の言葉を伝えるのを待っていると、日が傾いて晩となり夜が近づいてきて、彼らはどこへ行くべきか途方に暮れた。そうするに、その王の下僕の一人が都城の中から出てきて、かの神の人の前で会釈をして彼らに暴君の言葉をすべて告げて、彼らを自分の家に招待した。すると、彼らは彼と共に出向いて、丁重に歓迎された。しかし、彼はあらゆる種類の家畜の中で仔牛のいる牝牛しか持っていなかった。それで、彼は仔牛を殺して料理し、それを客人らの前に出した。すると、聖ゲルマヌスはその仔牛の骨の一本も砕かぬように命令すると、その命令は遵守された。すると、その翌日には、その仔牛はその母牛の前で健康に生きて無傷であるのが発見された。

33

再び次の日の朝早くに、彼らはその暴君の伺候を得るため出発した。すると、彼らが懇願して城砦の門の傍らで待っていると、見よ！一人の男が急いでやってくると、彼の汗は頭の天辺から足の裏まで滴り落ちていた。彼は彼らの前でひれ伏すと、聖ゲルマヌスは言った――「君は聖三位一体を信じますか？」すると、彼は答えた――「わたしは信じます。」すると、聖ゲルマヌスは洗礼を施し接吻して彼に言った――「安心して行くがよい。この時間内に、君は死ぬであろう。そして、神の天使らは君が信じた主なる神のもとへと天使らと共に昇天するようにと、君を天空で待っていよう。」すると、その男は嬉々として城砦の中へ入って行くと、彼は長官に出会って捕らえられて、縛られて暴君の前へ連れて行かれて直ちに殺された。なぜなら、日の出前にこの城砦の中で仕事に従事しない者は誰であれ、殺害されるのがこの実に邪悪な暴君の慣わしであったからである。こうして、聖ゲルマヌスと彼の従者らは城砦の門の傍らで一日中留まっていて、その暴君にうまく伺候することが叶わなかったのである。

34

上述した下僕はいつものように彼らに仕えて傍にいた。すると、聖ゲルマヌスは彼にこう言った。「君の友人たちの誰一人として今夜城砦の中に留まらぬように注意しなさい。」そこで、彼自身は城砦の中に戻って行って、その数が九人であった彼の息子らを連れ出して、彼らは聖ゲルマヌスと共に上述した宿舎へ戻って行った。すると、聖ゲルマヌスは彼らが断食しているように命じて、玄関の戸を閉めこう言った。「君らは眠らずにいて、もし城砦の中で何かが起こったら、それを見ないで、一心不乱に祈りを捧げてわれらの主なる神へ呼び掛けなさい。すると、夜もまだ浅いうちに、天から火が降ってきてその城砦とその暴君と一緒にいたすべての人々を焼失させた。そして、彼らは誰一人として今日までに姿を現さなかった。また、あの城砦も今日まで再建されていない。

35

その翌日、聖ゲルマヌスらを厚遇してくれたその男は神を信仰して、彼のすべての息子たちとカテルという名の地域のすべての住人たちと共に洗礼を受けた。すると、聖ゲルマヌスは彼を祝福し付け加えてこう言った。「今後、君の一族から王が絶えて尽きることがないであろう。彼自身はカテル・

ドゥルンルク[1]であり、君が今日より王となるであろう。そして、そのようなことが起こった。預言者がこう言うことが実現したのである。つまり、「彼は塵から困窮した人を高め、糞の山から貧者を持ち上げる、それは彼が支配者らと共に座し、栄光の玉座を握るためである。聖ゲルマヌスの言葉に従い、彼は召使から王となった。そして、彼の一族によって、全ポーウィス[2]（=ウェールズ中東部の州）地方は今日に至るまで支配されている。

36

しかし、サクソン族が上述のサネット[1]に住み着いた後で、上述の王ヴォルティギルヌス（ヴォーティガン）は彼らに背反しなければ、食糧と衣服を与えることを約束した。すると彼らは喜び、王の敵軍を強力に攻略することを約束した。しかし、これらの蛮族らはその人数が増大すると、ブリトン人らは彼らを養うことができなくなった。彼らに約束した通りに、彼らが食糧や衣服を要求すると、ブリトン人らは言った。「われわれは君らに食糧と衣服を与えることができない。なぜなら、君らの人数が増大したからである。よって、君らはわが国から立ち去りなさい。なぜなら、われわれは君らの援助を必要とせず、嫌悪するからである。」こうして、彼ら蛮族らは平和を打ち砕くため、彼らの長老たちと協議した。

37

しかし、ヘンギストゥスは賢く狡猾で機転のきく男であったので、彼は兵力を所有していない怠慢な王ヴォルティギルヌスと彼の人民をうまく察知し、ある計画を胸に抱いて、ブリタニア王（ヴォーティガン）にこう言った。「確かに、われわれは人数が少ない。もしお望みならば、われわれはわが祖国へ使者を遣わし、より人数を増やし陛下と陛下の人民のために戦うため、わが領土の兵士らをこの国へ迎え入れようと思います。」すると、王（ヴォーティガン）は彼らがそうすることを命令すると、彼らは使者を遣わし、使者らは海を越えて、テティカの谷[1]を越えて、一六艘の平底船と共に戻ってきて、選ばれた兵士らは彼らの仲間に合流した。それらの船の一艘で、容貌の美しい、大変に綺麗な若い女であるヘンギストゥスの娘がやってきた。しかし、その船団がやってきた後で、ヘンギストゥスはヴォルティギルヌスと彼の兵士らとケレテックという名の通訳のために宴会を催した。そして、彼の娘にワインやビールを彼らのため酌をするよう命令した。すると、彼らは酩酊して頗る満腹となった。しかし、飲んで酩酊している彼らにとって、悪魔サタンがヴォルティギルヌスの心に忍び入り、その挙げ句に、彼はその娘に心奪われて恋の虜となった。そして、彼の通訳を通じて彼女の父親（ヘンギストゥス）に彼女を要求して言った。「貴殿が余に要望するものは何ごとであれ、たとえわが王国の半分であろうとも、手に入れることができよう。」すると、ヘンギストゥスはオググル[2]の島から彼と一緒にやってきた長老らと協議を始め、娘の代価として彼らは王（ヴォーティガン）に何を要求すべきかを諮った。彼ら全員一致の計画の一つは、彼らの言葉（英語）ではカントゥルグオラレン、しかし、ブリトン語ではケントと呼ばれる地方を要求することであった。こうして、彼（ヴォーティガン）はケントを支配していた王グォイランゴヌス(3)が知らぬ間に、彼らにその領土を与えた。なぜなら、彼の王国は異教徒らへ譲渡されて、彼唯一人だけが彼ら異教徒の支配下に置かれたのである。こうして、その娘は彼と結婚の契りを結んで与えられ、彼は彼女と褥を共にし、彼女をこよなく愛したのである。

38

すると、ヘンギストゥスはヴォルティギルヌスにこう言った。「今後、儂《わし》は陛下の父親にして助言者となりましょう。よって、決して儂《わし》の忠告を蔑ろにしないで下さい。なぜなら、陛下はいかなる人間にもいかなる民族にも征服される恐れがないのですから。わが民族は勇猛果敢であるためです。儂はわが息子をその従兄弟と共に呼び寄せましょう。というのは、彼らは勇敢な男たちで、アイルランド人らと対戦し白兵戦を演じましょう。よって、グアル(1)という城壁（＝アントニウス城壁）の近くの北方にある領土を彼らに与えてほしいのです。ヘンギストゥスはヴォルティギルヌスに彼らを招聘するように命ずると、彼は同意した。四〇艘の船団を引き連れてオクタとエビッサ(2)が到着した。しかし、彼らはピクト族の国を迂回して航海している時に、オルカデース諸島(3)を略奪してフレネッシクス海(4)を越えてピクト族の国境に至るまでじつに多くの領土を占領した。そして、ヘンギストゥスはつねに少しずつ船団を自分のもとに呼び寄せた。その挙げ句に、彼らがやってきた島々には住民がいなくなる島々もあった。そして、ヘンギストゥスの種族がその力と人数で勢力を増すと、彼らは上述した都市《まち》ケントへやってきた。

39

一方で、あらゆる悪行を重ねた上に、ヴォルティギルヌスは彼の実の娘を妻に娶って、実の娘との間に一人息子を儲けた。そして、聖ゲルマヌスがこれを知ると、彼はブリトン人のすべての聖職者と共に王を激しく諌《いさ》めるためやってきた。聖職者らと平信徒らの大きな教区会議が招集されている間、王自身は彼の娘にその集会に出席して、彼の息子を聖ゲルマヌスの膝の上に差し出し、ゲルマヌスがその息子の父親であると言うように命令した。すると、その女は教えられた通りにした。しかし、ゲルマヌスはその子を優しく抱いてこう話し始めた。「わたしがお前の父親となろう。しかし、鋏と櫛と共に剃刀がわたしに与えられて、お前がそれらをお前の肉欲の父親に与えることができなければ、わたしはお前を放免することはないであろう。」すると、その子は聖ゲルマヌスの話を聞き届けて、彼の父親である肉欲のヴォルティギルヌスのところへ行き、その子は王にこう言った。「あなたはわたしの父親です。わたしの頭髪を剃ってください。」すると、彼は一言も発せずに沈黙し、その子供に返す言葉もなく、立ち上がって激怒して、聖ゲルマヌスの面前から逃亡した。彼は聖ゲルマヌスと全ブリトン人の集会で激しく痛罵され断罪された。

40

その後で、王（ヴォルティギルヌス）は彼の魔術師らを招いて、彼らに自分は何をすべきかを尋ねた。すると魔術師らはこう言った。「陛下は御身を防御するため、陛下の王国の辺境の地まで行かれて、堅固に堡塁で囲まれた城砦を見つけて下さい。なぜなら、陛下の王国へ迎え入れた民族（アングロ・サクソン族）は陛下を羨んで奸計を働き陛下を殺害し、陛下が死んだ後には、陛下が愛してきた全領土を陛下の全種族と共に占領するでしょうから。」その後で、彼（王）は魔術師らと共に城砦を手に入れるため出発し、彼らは多くの地方や王の勢力範囲の地域を巡行したが、彼らはその場所を見つけられずに、彼らは遂にグウィネズ(1)と呼ばれる地方に辿り着いた。そして、ヘレルス山脈(2)の上を調査していると、遂に城砦を建てるのに適した一つの場所を山脈の中に手に入れた。すると魔術師らは王に次のように言った。「城砦をこの場にお建て下さい。なぜなら、ここはあの蛮族らからは永遠に安全な場所になりますから。こうして、彼（王）は職工ら、つまり石切り工らを集め、さらに木材や石材を収集し、すべての材料が整えられると、その材料はすべて一夜にして消えてしまった。こうして、彼は三度材料を調達することを命じたが、調達しても虚《むな》しかった。ヴォルティギルヌス王は魔術師らを呼び寄せて、何がこの城砦建設の企てを妨げる原因であり、なぜこんなことが起こるのかを尋ねた。彼らは王にこう答えた。「もし陛下が父無し子を見つけ、その子を殺し、その子の血を城砦に撒き散らさなければ、城砦は決して永遠に建造されないでしょう。」

41

こうして、王は魔術師らの進言に従って、ブリタニア全土へ使者らを遣わし、父親のいない子供を捜索させた。そして、使者らはあらゆる地方や地域を隈なく歩き廻った後で、グレグイッシング[1]と呼ばれる地方にあるエッレトゥス[2]の平原にやってきた。子供らはそこで球遊びをしていた。すると、見よ、二人の子供が互いに喧嘩をしていて、一方が相手にこう言った。「おお、父《テテ》なし子め、お前は仕合せにならないだろう。」しかし、彼ら（使者ら）はその少年について他の子供らに熱心に問い質し、またその母親にその子は父親がいたか否かを尋ねた。彼女は否定（父親がいないこと）してこう言った。「わたしはどのようにしてあの子をわたしのお腹《なか》に妊娠したのかを知りません。だが、一つだけ知っています。なぜなら、わたしはいまだ男を知りませんでしたから。」こうして、彼女は彼らに父親がいないことを誓ったのである。こうして、彼らはその父なし子をヴォルティギルヌス王のもとまで連れて行き、王にその子を推薦した。

42

その翌日、その少年が殺害されるために会議が開催された。すると、その少年は王に向かってこう言った。「なぜ陛下の部下らはわたしを陛下のもとへ連れてきたのですか？」王は少年に答えた。「お前を殺し、あの城砦が建造できるように、その周りにお前の血を撒き散らすためである。」少年は王へ答えた。「誰が陛下にそのように勧めたのですか？」王は言った。「わが魔術師らが余にそう言ったのだ。」すると、少年は言った。「彼らをわたしの前にお呼び下さい。」魔術師らが呼び寄せられると、少年は彼らへこう言った。「誰があの城砦にわたしの血を振り撒くようにとか、またわたしの血を振り撒かなければあの城砦は永遠に建造されないとあなた方に打ち明けたのですか？　このことを知るように、誰がわたしのことをおおやけにしたのですか？　再び、少年は王に向かって言った。「今度は、おお王よ、わたしはこれから実際にすべてのことを陛下に明らかにして満足して頂きましょう。しかし、わたしは魔術師らに「この場所の土台の中に何があるか」を尋ねます。彼らが陛下に土台の下に何があるかを示してほしいのです。しかし、彼らは「われらは知らない」と言った。すると少年はこう言った。「わたしは土台の中央に水溜りがあるのが分かります。あなた方は行ってそこを掘りなさい。その通りであると分かるでしょう。」彼らは行って掘ってみるとそれは陥没した。そして、少年は魔術師らにこう言った。「その水溜りに何があるかを言って下さいますか？」すると、彼らは沈黙して少年に示すことができなかった。すると彼は彼らに言った。「わたしこそがあなた方にお示ししましょう。二個の壺（容器）があるのが行けばお分かりでしょう。彼らは行って見るとその通りであった。そして、少年は魔術師らに言った。「その壺の中に何が入っていると思いますか？」しかし、彼らは沈黙して彼にそれを示すことができなかった。しかし、彼（少年）はこう付け加えて言った。「それらの壺の中央には天幕があります。それらを分け離しなさい、するとその通りであるのが分かるでしょう。」王は分け離すことを命令すると、少年が言った通りに折り畳んだ天幕が発見された。再び王は彼の魔術師らに尋ねた。「天幕の中には何があるのか？　さあ、今こそ話したまえ。」しかし、彼らは知らなかった。だが、少年はそれをこう明らかに示した。「その天幕の中には二匹の虫がいて、一匹は白色で、もう一匹は赤色である。その天幕を広げなさい。」彼らが広げると二匹の虫が眠っているのを発見した。」そして少年はこう言った。「それらの虫が何をしているかを注意深く考えなさい。」すると、二匹の虫どもは一方が相手を追い出し始めたが、他方は天幕の半分まで相手を追い払うため、自分の背中を押し当てた。彼らは三度このように繰り返した。しかし遂に、赤い虫はより弱く見えたが、その後は白い虫より一層強くなって、天幕の端《はし》の外へ追い出した。すると今度は、白い虫は水溜りをずっと赤い虫を追いかけると、天幕の中に姿を消した。すると、少年は魔術師らにこう訊ねた。「天幕の中で行われたこの不思議な前兆は何を意味するものですか？」彼らは「われわれは知らない」と述べた。少年は王にこう答えた。「それでは、わたしがこの秘儀を解き明かし、陛下に申しあげましょう。天幕は陛下の王国の表象です。二匹の虫とは二頭の龍です。赤い虫は陛下の龍であり、水溜りはこの世界の（現世）の表象です。しかし、白い龍はブリタニアの種族と大部分の領土を征服して殆ど海から海まで[1]（a mari usque ad mare）保有している人種（アングロ・サクソン人）の表象です。しかし、その後にわが人種は蜂起し、アングル人らを海の彼方へ勇敢に追放するでしょう。しかし、陛下はこの城砦から立ち去って下さい。なぜなら、陛下はこの城砦を建てることができません。陛下の城砦を見つけ出すため多くの地域を巡察して下さい、わたし自身はここに留まります。」王は若者に言った。「君は名を何と呼ばれるのか？」彼は答えた。「わたしはアンブロシウスと呼ばれます。すなわちブリトン語で彼は明らかにあのエムブレイス・グレテックに見えた。」王は言った。「君はいかなる先祖から生まれ出たのか？」彼は答えた。「ローマ人の執政官の一人がわたしの父親です。」すると、王はその少年に城砦とブリタニアの西方地帯のすべての王国と共に与えて、王自身は彼の魔術師らと共に（ブリタニアの）左手の地帯へ到達し、グエネリと呼ばれるところに達した。そして、彼の名に因んでカイル・ヴォルティギルヌス[2]という都市《まち》を創建した。

43

その間に、ヴォルティギルヌス（ヴォーティガン）の息子ヴォルティミル[1]はヘンギストゥスとホルサ[2]と彼らの民族と共に破廉恥にも戦いを挑んで、サネットと呼ばれる上述の島[3]まで彼らを駆逐して、彼らを三度その中に閉じ込め、包囲し、痛めつけ、粉砕し、脅かした。そして、ヘンギストゥスらは使者らを海路遥かゲルマニアまで送って、膨大な数の兵士らと共に船団を呼び寄せた。そして、その後彼らはわが民族（ブリトン族）の諸王らと対戦を繰り返した。時には、彼らは敗北し追放された。

44

そして、グオルティメル（＝ヴォルティメル）は彼ら敵軍と四度激しく戦った。最初の戦いはデルグエンティド河畔[1]において。第二の戦いは彼らの言葉ではエプスフォルド[2]であるが、われわれのブリトン語ではリテルガバイルと呼ばれる浅瀬において。そこでホルサはヴォルティギルヌスの息子で、その名はカティイルン[3]と共に斃れた。彼は第三の戦いをガリア海[4]の海岸の上にある碑文の石の傍の平原で行ない、異邦人らは敗戦して、彼（ヴォルティメル）は勝者となった。こうして、彼らは敗走して彼らの船団まで逃げ、その船の中に入って女々しく身を隠した。しかし、暫くしてヴォルティメルは亡くなった。そして、彼は死の前に彼の家臣らに、彼の墓碑を彼らサクソン人らが逃亡した港の海岸沿いに建てるようにと言った。なぜなら、たとえ彼らがブリタニアの港の他の部分に上陸して住んだとしても、彼らは永遠にこの島に留まることはないであろうから。しかしながら、彼らは彼の命令を蔑ろにして、彼らに命令した場所に彼を埋葬しなかった。

45

蛮族らは大挙して帰って行ったが、ヴォルティギルヌスは彼の妻ゆえに彼らには友好的な人であった。そして、誰も彼らを勇敢に追跡したがる者もいなかった。なぜなら、彼らは勇敢さによってブリタニアを征服したのでなく、神の意志によるものであったからである。誰が一体神の御心《みこころ》に抵抗でき、また抵抗しようとするであろうか？　主なる神は望まれるごとくにことを成し遂げ、主自身が万民を支配し治めるのであるから。しかし、ヴォルティギルヌスの息子のヴォルティメルが死んで、ヘンギストゥスが彼の集団と帰国した後に、偽りの計画が実行されて、彼らはヴォルティギルヌスに対して彼らの軍隊と共に待ち伏せを企て、陰謀を謀るよう促された。しかし、彼らは平和を成就し双方の間に永久の友情を結ぶため、使者を遣わせた。しかし、このヴォルティギルヌスは彼の魔術師らと相談して、何を成すべきかを審議した。遂に、彼は全員と共に平和を達成することで意見の一致をみた。それで、彼らの使者らは呼び戻されて、その後に彼らはブリトン族とサクソン族のそれぞれの側から、友情が確固たるものとするため、武器なしで一緒に集まるという協定を導き出した。

46

こうして、ヘンギストゥスは彼の臣下らに、各人がその剣を足下のイチジクの樹の真ん中に隠して置くように命令した。そして、儂《わし》が君らに「よし、サクソン人らよ、石を取れ」と叫んだ時には、君らの短剣をイチジクの樹から取り出して彼らに突進して、彼らに勇敢に抵抗せよ。そして、彼らの王を殺すのではなく、婚姻で彼に与えたわが娘のため、彼を捉えよ。なぜなら、彼がわが手から身請けされることが、われわれにはより良いことであるからである。こうして、彼らは集会を開催して一緒に然るべき場所にやってきた。サクソン人らは愛想よく話をし、その間は心の中で狐のように狡猾に振る舞って、銘々が同盟者のように席に着いた。ヘンギストゥスは声高に叫ぶように言うと、ヴォルティギルヌス王の三百人もの長老らは斬殺されて、王唯一人だけが捕らえられて鎖で縛られた。こうしてヴォルティギルヌスは彼の生命を贖うために多くの地域、すなわちエセックス、サセックスとミッドルセクス[1]を彼らに与えた。

47

しかし、聖ゲルマヌスはヴォルティギルヌスに真の神に改宗し、その許されざる結婚を解消するよう説教した。しかし、彼はそこで彼の妻たちと一緒に潜伏するため、自分の名前からヴォルティギルニアウン（ヴォルティギルヌスの街）と命名した地域まで哀れにも逃亡した。すると、聖ゲルマヌスはブリトン人すべての聖職者らと共に彼の後を追跡し、その地に四〇日と四〇夜の間滞在して、岩の上に立って昼も夜も祈っていた。すると、ヴォルティギルヌスは再びテイフィ[1]河畔のデメタエ人[2]の地方にあるヴォルティギルヌスの城砦まで恥ずかしくも逃避した。すると、いつものように、聖ゲルマヌスは彼を追いかけ、そこで断食して聖職者全員と共に三日三晩の間彼の目的を達成するため滞在した。そして、四日目の夜の真夜中の刻限に、その城砦全体が天から放たれた火によって突然に崩壊し、その天上の炎で燃えていた。こうして、ヴォルティギルヌスは一緒にいたすべての人々や彼の妻たちと共に死んだ。これが福者（聖）ゲルマヌスの書の中にわたしが見出した、ヴォルティギルヌスの最期である。しかし、他の人びとはこれとは異なることを言っている。

48

彼（ヴォルティギルヌス）はその罪ゆえに――彼はサクソン族を受け入れたゆえに――彼自身の種族のすべての人々――つまり権力者らと弱者ら、奴隷らと自由民ら、修道士らと平信徒ら、貧者らと富者ら――に憎まれた時に、彼自身はあちこちへと彷徨い歩き、遂には彼の心は挫けて非業の死を遂げた。ある人々は大地が裂けて、城砦が焼け落ちたその夜に、大地は彼を飲み込んだと言う。なぜなら、城砦で彼と共に焼け落ちた人々の痕跡は何一つ発見されなかったからである。

彼には三人の息子がいて、彼らの名前は上述したように蛮族ら（サクソン人）と抗戦したウォルティメルである。次男はカテイルン、三男はパスケント[1]で、彼は父の死後に、ブリトン国のすべての王を統べる大王となったアンブロシウス[2]の許しの下に、ビルス[3]とヴォルティギルヌスの街の二つの地方を治めた。四男はヴォルティギルヌスが実の娘との間に生み、その子を聖ゲルマヌスが洗礼し養育して教育を施したファウストゥスである。彼はリエ河[4]と呼ばれる河畔に大きな修道院を建立し現在まで建っている。彼は一人の娘を持っていて、彼女は聖ファウストゥス[5]の母となった。

49

これが父祖まで遡るヴォルティギルヌスの系図である。現在ブイルスとグウォルティギルナイム[1]の二つの領域で支配していたフェルンヴェイル[2]はテウドゥビルの息子である。テウドゥビル自身はブエルティア国の王で、パスケントの息子であった。彼はグウォイドカントの息子、彼はモリウドの息子、彼はエルダトの息子、彼はエルドクの息子、彼はパウルの息子、彼はメプリトの息子、彼はブリアカトの息子、彼はパスケントの息子、彼はヴォルティギルン・グオルテネウスの息子、彼はグイタウルの息子、彼はグイトリンの息子、彼はグロヴィスの息子である。ボヌス、パウル、マウロンの三兄弟はサブリナ河[3]畔に巨大な都市を建造したグロヴィスの息子である。この都市はブリトン語でカイル・グロヴィ（クロヴィスの街）、サクソン語ではグロスターと呼ばれた。ヴォルティギルヌスと彼の家系についてはこれで十分に語り尽くされた。

50

聖ゲルマヌスは死後に彼の祖国[1]（オセール）へ帰った。

III　聖パトリキウスの生涯

　聖パトリキウス(2)はその当時はアイルランド人の下で捕らわれの身であった。彼の主人はミルク(3)という名で呼ばれて、パトリキウスは彼の豚飼いであった。しかし、彼は年齢《よわい》十七歳の時に捕虜の身から戻って、その後に神の意志により聖なる学問（神学）の教育を受けてローマへやってきて、彼は読書し神の神秘と聖書を究明するため長い間この地に留まった。というのは、彼はここに七年間滞在した時に、（アイルランドの）最初の司教パラディウス(4)はローマ法王ケレスティヌス一世(5)によって、アイルランド人らをキリスト教へ改宗するために遣わされた。しかし、神は何度かの悪天候で彼にこのことを禁じた。なぜなら、人は天から与えられないかぎり、誰もが地上から何ものであれ、それを受け取ることができないからである。こうして、このパラディウス司教はアイルランドから旅立ちブリタニアへ到着して、彼はその地のピクト族の大地で亡くなった。

51

司教パラディウスの死の報せを聞いて、もう一人の使者パトリキウスは、テオドシウス[1]とヴァレンティアヌス[2]の治世の時、司教聖ゲルマヌスの忠告と説得に従って、ローマ法王ケレスティヌス一世とヴィクトルという名の神の天使によって、アイルランド人らをキリスト教の信仰へ改宗するために遣わされた。ゲルマヌスは彼（パトリキウス）を年長者のセゲルスと共に、一人の驚くべき人間で、最も優れた近隣に住んでいる至高の司祭アマトル[3]のもとへ送った。そこでは、聖人（ゲルマヌス）は彼の身に将来起こるであろうことをすべて知っていた。司教聖ゲルマヌスは聖アマトルを通して司教の序列とパトリキウスの名前を受け取っていた。なぜなら、彼は以前マウンという名で呼ばれていたからである。アウクシリウス、イセリヌスとその他の者らは彼と同時により下位の序列で叙品された。

52

やがて、彼は祝福を受けて聖三位一体の名の下にその他すべてを成就し、準備された船に乗って、ブリタニアへ航行して、そこで僅かな日々を説教した。そして、あらゆる回り道を避け、彼は船に順風を受けて全速力でアイリッシュ海[1]を船で南下して行った。しかし、その船は驚くほどの舶来品と霊的な宝物を積み込んで、アイルランドへ進んで行き、彼らを洗礼した。

53

天地開闢からアイルランド人の洗礼までは五三三〇年である。レゲイル王(1)の治世の五年目に、彼はキリスト教の信仰を説教し始めた。

54

従って、聖パトリキウスはキリストの福音を異民族に四〇年間説教し、使徒の美徳を果たし、盲目な人々を啓蒙し、癩患者らを浄め、聾者らを聞こえさせて、身体に憑いた悪魔らを追い払い、九人の数まで死者を蘇らせ、男性と女性の両方の捕虜らを己自身の贈り物で身請けした。彼は三六五通かそれ以上もの公文書を書いた。また、彼は同じ数の三六五件かそれ以上もの神の精霊の宿った教会の基礎を築いた。しかし、彼は三〇〇〇人までもの司祭（聖職者）を叙品し、コノート(1)一ヶ所だけで、一二〇〇〇人もの人々をキリスト教の信仰へ改宗して洗礼し、またアモルガイド(2)の息子であった七人の王らを一日で洗礼した。四〇日と四〇夜、彼はエイレの丘の頂上、すなわちクルアカン・エイレ(3)で断食をした。天空まで聳えるその丘の上で、彼はアイルランド人の中でキリスト教信仰を受け入れた人々のため、三つの願いを慈悲深く要請した。彼の第一の願いは、アイルランド人らが言うには、たとえ臨終の床にあっても、各々誰もが悔悛の秘跡を受けることである。第二は、彼らが蛮族らによって永遠に壊滅されないことである。第三は、アイルランド人の誰一人として最後の審判の到来の日まで生き永らえないことである。なぜなら、彼らはパトリキウスの名誉のために、その審判の七年前には絶やされるからである。しかし、この丘の上でも、彼はアイルランド人らを祝福して、それゆえに、彼は彼らのために祈り、彼らの労働の果実を見るために登った。そして、色とりどりの無数の鳥たちが祝福を受けるために彼のもとへやってきた。このことはアイルランドの男女すべての聖職者らが、審判へ彼に従って行くため、その審判の日に彼らの父で師でもある彼のもとへくることを意味する。やがて、彼は幸せに年輪を重ねて行った。それゆえに、彼は今やとこ永久《とわ》に楽しんでいる。アーメン。

55

モーゼとパトリキウスは四つの点で共通している。すなわち燃える灌木の中で天使と話し合ったこと。第二は、山上で四〇日四〇夜断食したこと。第三は、彼らは齢《よわい》一二〇歳まで生きたこと。第四は、誰もその墓を知らずに、人知れず秘密裡に埋葬されたことである。パトリキウスは一五歳で捕虜となり、二五歳で司教聖アマトル(1)によって任命され、八五歳でアイルランドにおいて説教した。しかし、聖パトリキウスについてはさらに多くのことを話す必要があるけれど、話を短くするために、わたしは省略したい。

Ⅳ　アルトゥールス伝説

＊「ヴァティカン校訂本」も当該部分**27**を訳注欄に翻訳して併載する。

56

その時代に、サクソン人らはブリタニアで勢力を増し、その数も増えていった。しかし、ヘンギストゥスが死ぬと、彼の息子オクタ（Octha）はブリタニア島の左手の方向からケント王国へ移ってきて、彼（オクタ）からケントの諸王らが輩出した。**その当時、アルトゥールはブリトン人諸王とともに毎日サクソン人らと会戦していたが、彼自身は戦闘の指揮官（dux bellorum）であった。**最初の会戦はグレイン[1]（Glein）と呼ばれる川の河口においてであった。第二回、第三回、第四回、そして第五回の会戦はドゥブグラス[2]（Dubglas）と呼ばれる別の河岸であり、その川はリヌイス[3]（Linuis）地方に存在する。第六回はバッサス[4]（Bassas）川の対岸であった。第七回はケリドン（Celidon）の森[5]、すなわちブリトン語でカト・コイト・ケリドン（Cat Coit Celidon）の中であった。第八回はグルニオンの

（Gurnion）城砦(6)の傍であったが、その会戦でアルトゥールは永遠の処女聖母マリアの像を彼の肩(7)（盾）に持ち運んでいた。そして、われらが主イエス・キリストと御母《みはは》聖母マリアの御力《みちから》によって、異教徒らを敗走させ、彼らはその日に大殺戮を蒙った。九回目の戦はレギオン（Legion）の都市《まち》(8)で行われた。アルトゥールスは十回目の会戦をトリブルイト(9)（Tribruit）と呼ばれた川岸で行われた。十一回目の会戦はアグネド(10)（Agned）といわれる山上で戦いが行われた。十二回目の会戦はバドン山(11)（Badon）の山上での会戦であり、アルトゥールの一撃でこの日一日で九六〇人もの敵兵らが斃れた。そして、アルトゥール唯一人を除いて、誰一人彼ら敵兵らを打ち倒さなかった。そして、彼はすべての戦いでつねに勝利者であった。こうして、彼ら敵兵はすべての戦いで打ち負かされたので、ゲルマニアへ援軍を求めて、彼らはさまざまな方法で絶えず増えていった。そして、ブリタニアで彼らを支配するため、エオッバ(12)（Eobba）の息子であったイダ(13)（Ida）が王位に就《つ》く時まで、ゲルマニアから諸侯らを連れてきた。彼（イダ）はベルニシア王国(14)（Bernicia）の最初の王であった。

V　各王国の家系図と年算定表付き

57

［ベルニシアの諸王の系図］　ウォーデンはベルデグを儲け、ベルデグはベルネクを、ベルネクはゲクブロンドを、ゲクブロンドはアルソンを、アルソンはイングエクを、イングエクはエディブリトを、エディブリトはオッサを、オッサはエオッパを、エオッパはイダ[1]をそれぞれ儲けた。しかし、イダは十二人の息子がいて、彼らの名前はアッダ、アエドルリク、デクドリク、エドリク、デオテレ、オスメル、そして一人の女王ベアルノク、エアルリク、エアルドリクはエルフレトを儲けて、彼自身はアエドルフレド・フレアフルである。というのは彼もまた七人の子供を儲けて、彼らの名前はアンフリド、オスグアルド、オスビウ、オグドゥ、オスラプフ、オッファである。オスウィ[2]はアルクフリド、エルフウィンとエクフリド[3]を儲けた。このエクフリドは彼の従兄弟でビルデイという名のピクト族の王に戦いを挑んだ。そして、彼はその地へ屈強なすべての軍隊と共にビルデイを滅ぼしに行った。そして、エクフリドはそこで彼の軍隊の全軍と共に斃れた。ピクト人らは彼らの王と共に勝利者となっ

た。その結果、サクソン族はその戦いの時よりピクト人らから税を徴収するほど決して強力にはならなかった。その戦いの時から、それは「リン・ガランの戦い」(4)と呼ばれた。しかし、オズグイド(＝オスウィ)には二人の妻がいて、その一人はルムの息子ロイトの娘リエンメルトと、もう一人はアッリウスの息子エアドグインの娘エアンフレドと呼ばれた。

58

〔**ケントの諸王の系図**〕　ヘンギストゥスはオクタを儲け、オクタはオッサを儲け、オッサはエオルモリクを儲け、エオルモリクはエアルドベルトを儲け、エアルドベルトはエアルドバルドを儲け、エアルドバルドはエルクンベルトを儲け、エルクンベルトはエッグベルトを儲けた。

59

〔**イースト(東)アングリア人諸王の系図**〕　ウォーデンはカッセルを儲け、カッセルはティティノンを儲け、ティティノンはトリギルを儲け、トリギルはロドムントを儲け、ロドムントはリッパンを儲け、リッパンはグイッレム・グエルカ(1)を儲けた。彼自身(グエルカ)はブリタニアの中でイースト・アングリア人の最初の王であった。グエルカはグッファンを儲け、グッファンはティティルを儲け、ティティルはエクニを儲け、エクニはアドリクを儲け、アドリクはアルドゥルを儲け、アルドゥルはエルリクを儲けた。

60

［マーシア人諸王の系図］　ウォーデンはグエドルゲアトを儲け、グエドルゲアトはグエアゴンを儲け、グエアゴンはグイトレグを儲け、グイトレグはグエルドムンドを儲け、グエルドムンドはオッファを儲け、オッファはオンゲンを儲け、オンゲンはエアメルを儲け、エアメルはプッバ[1]を儲けた。プッパ自身は十二人の息子らを持っていて、その中の二人は他の兄弟らよりも有名であった。すなわちペンダとエオッバである。エゼルレッドはペンダの息子であった。ペンダはプッバの息子であった。エゼルバルドはアルウェオの息子であり、アルウェオはエオッバの息子、エオッバはエッグフリド、ペンダの兄妹であり、ペンダはピュッバの息子である。エグフェルトはオッファの息子であり、オッファはシングフリスの息子であり、シングフリスはエアンウルフの息子であり、エアンウルフはオズモンドの息子であり、オズモンドはエオッバ息子であり、エオッバはピッバの息子である。

61

［デイラエ王国の諸王］　ウォーデンはベルデグを儲け、ブロンドはシッガルを儲け、シッガルはシバルドを儲け、シバルドはゼグルフを儲け、ゼグルフはソエミルを儲けた。彼はデイラをベルニシア

から最初に分離した。ソエミルはスグエルティングを儲け、スグエルティングはギウルグリスを儲け、ギウルグリスはウスフレアンを儲け、ウスフレアンはイッフィを儲け、イッフィはウッリ、アエドグム、オスフィルドとエアドフィルドを儲けた。

エドグムには二人の息子がいて、彼らはエドグムと共にメイケン[1]の戦いで斃れた。そして、彼の家系からは王国は決して再び蘇らなかった。なぜなら、その戦争からその家系の一人が逃亡したからではなく、彼と共にグエンドタ地方の王カトグオッラウヌス[2]の軍隊によって皆殺しにされたからである。

オスグイドはエクグフィルドを儲けて、彼自身はエクグフィルド・アイルグインである。彼はオスラクを儲け、オスラクはアルンを儲け、アルンはアドルシングを儲け、アドルシングはエクンを儲け、エクンはオズラフを儲けた。イダはエアドリクを儲け、エアドリクはエクグルフを儲け、エクグルフはリオドグアルドを儲け、リオドグアルドはアエタンを儲け、彼自身はエアタ・グリンマウルである。彼はエアドビュルトと彼らの国民の最初の司教であった司教エクグビルトを儲けた。

エオッバの息子イダはブリタニアの左手の部分、すなわちハンブリア海[3]に領土を保持していて、十二年間支配しディングアイト・グアルトとベルネイクを併合した。[4]（Deira と Bernicia の統合を指す。）

62

その頃、ドゥティギルンはアングル族と勇敢に戦っていた。その当時、タルヘルン・タタグエン[1]は詩において名声を博していたし、ネイリンとタリエシンとブルクバルド、それにグエニト・グアウトと呼ばれたキアン（シアン＝Cian）は同時代にブリタニアの詩歌において有名であった。[2]
マイルクヌス大王は、すなわちグエネドタ地方でブリトン族を支配していた。なぜなら、彼の祖先、[3]つまりクネダグはその数が八人であった彼の息子らと共に、最初はマナウ・グオトディンと呼ばれる左手の場所からやってきて、マイルクヌス大王以前に一四六年の間支配した。そして、彼は大殺戮をしてアイルランド人らをその地域から追放し、彼らは再び住むため決して戻ってはこなかった。

63

イダの息子アッダは八年間支配した。アッダの息子アエドルリックは四年間支配した。イダの息子デオリックは七年間支配した。フレオトウルフは六年間支配した。彼の時代に、グレゴリウスが使節[1]を遣わして、ケント王国はキリスト教の洗礼を受けた。フッサは九年間支配した。彼に対し四人の王ウリエン、[2]リデルクヘン、グアルッランクとモルカントが戦いを挑んだ。デオドリクスはこのウリエ[3]ンに対しその息子らと共に勇敢に抗戦した。しかしその当時、かつては敵にして今や臣民たる彼らは征服されて、彼（ウリエン）は彼らを三日三晩の間メトカウド島に閉じ込め、彼が遠征中の間に、モ[4]ルカントが嫉妬から決定した後で、彼は殺害された。なぜなら、彼の意中には、すべての王にもまして、戦争を惹き起こす点で最大の勇気を持っていたからである。エアドフェレド・フレサウルスはべ[5]

ルネシアで一二年間、さらにデイラで一二年間、つまり二つの王国で二四年間支配した。そして、彼はベッバブと呼ばれる彼の妻へディングオアロイを与え、彼女の名前からベッバンブルグ(6)という名前を名付けた。アッリの息子エオグインは一七年統治し、彼はエルメト(7)を占領し、その国の王セルディックを追放した。

彼の娘エアンフレドは精霊降臨祭《ペンテコスト》(8)の一二日後に彼の臣民の男女すべての人々と共に洗礼を受けた。しかし、エアドグムはそれに続く復活祭《イースター》(9)に洗礼を受け、彼と共に一二〇〇〇人の人々が洗礼を施された。もし誰が彼らを洗礼したかを知りたければ、ルム・マップ・ウルブゲン(10)が彼らを洗礼し、四〇日間サクソン族のすべての人々を洗礼することを止めなかった。そして、彼の予言によって、多くの人々はキリストを信仰した。

64

エセルフレッドの息子オズワルドは九年間統治した。彼はオズワルド・ラウィグイン(1)である。彼はグエネズ(2)国の王カドワッラ(3)をカトスカウル(4)の戦いで殺害したが、彼の軍隊の大殺戮を蒙った。エセルフリッドの息子オスウィは二八年と六ヶ月間統治した。彼が統治していた間に、人々の上に一大疫病が襲った。そして、その時に父の後にブリトン人を支配していたカドワッラデル(5)もそれで亡くなった。しかし、オズワルドはペンダをガイの平原(6)で殺害して、今ではそれは「ガイの平原の殺戮」とされた。

そして、ペンタ王と共にユデウと呼ばれる街(7)まで遠征して行ったブリトン人の諸王らは皆殺しにされた。

65

その時、オスウィは街に所有していたすべての財宝をペンダの掌中に移し、ペンダはそれらの財宝をブリトンの諸王ら、すなわちアトブレト・ユデウに分配した。しかし、グエネズの王カトガバイル(1)唯一人が彼の軍隊と共に、夜に起き上がって逃亡した。それゆえに、彼はカトガバイル・カトグオッメド(2)(=敵前逃亡者)と呼ばれた。オスウィの息子エクグフリドは九年間統治した。彼の時代に司教聖クスベルト(3)がメドカウト島(4)で亡くなった。彼はピクト族と抗戦しここに没した。

ピッバの息子ペンダは一〇年間統治した。彼はマーシア人の王国とノルド(=北方民族)の王国を分割した最初の王であった。そして、彼は策謀によってイースト・アングリアの王アンナ(5)とノルド族の聖オズワルドゥス(6)を殺害した。彼はコクボイの戦い(7)を行って、その中でピッパの息子で、彼の兄であるマーシアの王エアワとノルド人の王オズワルドを殺害し、悪魔の術《すべ》によって勝利者となった。彼は洗礼を受けずに、決してキリスト教の神を信じなかった。

66

この世の開闢から執政官コンスタンティヌス[1]とルフス[2]まで五六五八年に達した。同じく、二人の双生児ルフスとルベリウス[3]から執政官スティリコ[4]までは三七三年である。同じくスティリコからプラキディア[5]の息子ヴァレンティアヌス[6]とヴォルティギルヌスの治世までは二八年である。また、ヴォルティギルヌスの治世からウィタリヌス[7]とアンブロシウス[8]の諍いまで一二年で、それはグオウォロップム、すなわちネザーウォロップ[9]の戦いである。しかし、ヴォルティギルヌスはテオドシウス[10]とヴァレンティニアヌス[11]が執政官の時に、ブリタニアで支配権を握っていた。そして、彼の治世の四年目で、わが主イエス・キリストの托身から四〇〇年に、フェリクス[12]とタウルス[13]の執政官の時代に、サクソン族がブリタニアへやってきた。サクソン族がブリタニアへやってきて、彼らがヴォルティギルヌスに歓迎された年から、デキウス[14]とウァレリアヌス[15]までは六九年である。

VI　ブリタニアの諸都市(1)

66a

これらがブリタニア全島に存在するすべての都市の名前であり、その数は二八である。

1　ヴォーティガン要塞（都市）（Vortigern's Fortress）
2　ウィンチェスター（Winchester）
3　ウェルラミウム（?）（Verulamium）
4　カーライル（Carlisle）
5　リンディスファーン（Lindisfarn）
6　コルチェスター（?）（Colchester?）
7　ヨーク（York）
8　コンスタンティン要塞（Constantine's Fortress）
9　カラドック要塞（Caradoc's Fortress）

10 ケンブリッジ（Cambridge）
11 マンチェスター（?）（Manchester?）
12 ロンドン（London）
13 カンタベリー（Canterbury）
14 ウスター（Worcester?）
15 ランベリス（Llanberis?）
16 ドンカスター（Doncaster）
17 チェスター（Chester）
18 ロクシター（Wroxeter）
19 カーナーヴォン（Caernavon）
20 カーリアン・オン・アスク（Caerleon-Upon Usk）
21 カイルウエント（Caerwent）
22 ダンバートン（Dumbarton）
23 レスター（Leicester?）
24 ドレイトゥ要塞（Draitho Fortress）
25 ペンセルウッド要塞（Penselwood Fortress）

26　ウルナーク（Urnarc）要塞（Urnarc Fortress）

27　ケリミオン要塞（Celimion Fortress）

28　ウォール・バイ・リッチフィールド（Wall-by-Lichfield）

Ⅶ　ブリタニアの驚異について

67

第一の驚異はレーヴン湖(1)である。その中には六〇の島があって、そこに人間が住み、六〇の岩で囲まれていて、それぞれの岩の上には鷲の巣がある。六〇の川がその湖へ流れ込むが、レーヴンと呼ばれる一つの川だけがその湖から海へ注ぐ。

第二の驚異はトラハンノン川(2)の河口である。なぜなら、山なす大波が一度にその河口を直ちに覆い尽くし、そしてその他の海のように潮が退いていく。

第三の驚異は温い湖《ホット・レイク》である。これはウィッチェ(3)地方にある、それは煉瓦と石でできた壁で囲まれている。人々は入浴するためいつでもその中へ入ることができる。そして誰もが思いのまま自分の意思に従って湯浴みする。つまり冷たいのを望めば、それは冷浴になるし、熱いのを望めば温浴にもなる。

68

第四の驚異はそこに発見されるいくつかの塩の泉であり、それらの泉から塩が湧き出て、その塩で種々の食料が塩漬けにされる。それらの泉は海に近くはなく、地面から湧き出るのである。

もう一つの驚異はドゥオリグ・ハブレン、すなわち「セヴァーン川の二人の王」である。海が潮津波となってセヴァーン川の河口に氾濫し流れ込む時、二つの山盛りの波頭が別々にできて、牡羊のように互いに戦い合う。そして、各々が相手に突進して互いに衝突して、再び一方が他方から遠ざかり、そして再び潮津波のごとく突進する。この世の始めから今日まで、これらの現象は行われてきた。

69

もう一つの驚異はリン・リワン(1)の感潮川である。この河口はサブリナ（セヴァーン）川へ流れて、サブリナ川が氾濫し洪水となり、海水が川の河口に同じように氾濫する時、（溢れた）川は渦巻となって河口に徐々に流れる水の中へ受け入れられて海水は上流しない。そして、その川の傍に岸があって、セヴァーン川が氾濫し洪水している間、その岸がその洪水で覆い隠されることがない。海水がセヴァーン川から退《ひ》くと、その時リワン川の溜り水は海から飲み尽くしたすべてのものを吐き出し、その岸は覆い隠されて山のような大波で吐き出して破壊する。そして、その地域全体の軍隊がその波に向かったならば、その波の力はその軍隊を引き倒し、その衣服は水浸しとなり、馬も同じく引き倒されるであろう。しかし、軍隊がその波に背を向ければ、波はその軍隊に害を加えないだろう。そして海水が退いた時は、波がその時覆っていた岸全体が逆に覆いを剝がされて裸となり、海水はその岸辺から退いていく。

70

もう一つの驚異はキンリピウク(1)の地域にある。そこにはゴルへリ(2)と呼ばれる泉がある。小川はその泉からも泉へも注がない。人々はその泉に魚を釣りにいく。ある人はその泉の東の方へいき、そこから魚を釣ってくるし、ある人は泉の右側へ、ある人びとは左側へ、またある人びとは西の方へ行って、それぞれの側から魚を釣ってくる。しかし、異なる種類の魚があらゆる方面から釣れる。その泉へは水が流れ込みも流れ出もしないのに、その泉に魚が発見されることは大きな驚異である。また、その泉には四種類の魚が発見されるし、その泉は大きくも深くもないのである。その泉の深さは膝まで、長さと幅は二〇フィートであり、各側には高い岸辺があるのである。

ワイ(3)と呼ばれる川の傍には、その川の河口近くの山腹にはトネリコの上には林檎の果実が発見される。グウェント(4)と呼ばれる地域にもう一つの驚異がある。そこには裂け目があって、そこから風がつねに絶え間なく吹き捲る。そして、風が吹かない夏季の季節には、その裂け目から風が絶えず吹き、その結果、その裂け目の深さの前で誰も立っていることができない。それはブリトン語でウィト・グウィント（Vith Guint）という名で呼ばれるが、ラテン語では「風の息吹」（flatio venti）と呼ばれる。風が地の底から吹くことは大きな驚異である。

71

もう一つの驚異がルウィンナルト[1]と呼ばれる地に神の意志によって吊るされる祭壇が（南ウェールズの）ガウアにある。その祭壇の物語を話すことは沈黙するよりわたしに良いと思われる。聖イルトゥド[2]がここで陸地を洗う海の傍の洞窟の中で祈っていると、というのはその洞窟の入口は海辺にあったので、見よ、一艘の船が海から彼の方へ近づいてきて、二人の男がその船を操舵し、その聖者の体は彼らと共に船内にあって、祭壇は神の意志によって彼の顔の上に吊るされていた。すると、神の人は彼らに会いに行き、聖人の体と祭壇は引き離されずに聖体の顔の上にあった。そして、彼らは聖イルトゥドに言った。「この神の人はわれわれに彼をあなた自身のもとへ連れて行き、あなたと一緒に彼を葬り、人々が彼によって誓わないように、彼の名を誰にも明らかにしないようにわれわれに命令しました。」彼らは彼を葬って埋葬した後に、彼らは船に戻って航海して行った。しかし、この聖イルトゥドはこの聖者の体の周りと祭壇の周りに教会を建立した。そして、祭壇は今日に至るまで神の意志によりずっと吊り下がっている。ある小国の王が手に鞭を持ってそれを試すためにやってきた。彼は祭壇にその鞭をぐるりと曲げて、その鞭の両端を両手で摑み、事の真相を試すために自分の方へ引いてみた。しかし、その後、彼は丸一ヶ月間も生きていなかった。もう一人の人が祭壇の下を覗くと、彼は視力を失って一ヶ月も経たずに生涯を閉じた。

72

もう一つの驚異が上述したグウェント地方[1]にある。そこにはプティ・モウリク[2]の防壁の傍に泉があり、その泉の真ん中には一枚の板がある。そして、人々は彼らの手と顔を洗って、洗う時にはその板を足の下に敷いて置く。なぜなら、わたし自身それを試しこの目で確かめたからである。海が高潮で氾濫した時に、サブリナ川（セヴァーン川）は最大限まで沿岸全体に広がってそれを覆い隠してその泉まで到達し、その泉がサブリナ川の暴漲湍《ぼうちょうたん》で満杯になると、それがその板を外洋まで引いて行き、三日間は海にあって四日目には上述した泉の中に発見される。しかし、こういう事が起こった。つまりある田舎者がその板を土の中に埋めて試してみようとしたが、また四日目にその板は泉の中で発見された。その板を隠して埋めたその田舎者は、その月の終わる前に亡くなった。

73

もう一つの驚異がビルス・ウェルス(1)と呼ばれる地方にある。そこには石が積まれていて、その石の堆積に置かれた一つの石には一匹の犬の足跡が付いている。彼が猪狩りをした時、**戦士アルトゥールスの犬（canis Arthuri militis）のカバル（Cabal）がその石に足跡を刻んだ**。そして、アルトゥールスは後に彼の犬の足跡が付いた石の下に石の堆積を集めて、それは'Carn Cabal'「カバルの石塚《いしづか》」と呼ばれた。そして、人々がやってきてその石を両手に一日一夜の間持って行くと、その石は彼の石塚の上に発見される。

もう一つの驚異がエルギング(2)という地方にある。そこには泉の傍に「アニルの眼」（Llygad Anir）という墓がある。そして、その墓（石棺）に埋葬された男の名はアニル（又はアムル（Amr））である。**彼は戦士アルトゥールスの息子であって**、彼は息子をそこで殺して埋めた。人々はその墓を測量するためやってくる。それは時には六フィート、時には九フィート、また時には十二フィート、また時には十五フィートの長さになる。その墓は測量するたびに、二度と同じ測量値であることがない。わたし（作者）自身もそれを試したことがある。

74

もう一つの驚異がケレディジョン(1)と呼ばれる地方にある。そこにはクリグ・マウル(2)と呼ばれる山があり、その山頂には墓がある。その墓にやってきてその傍に横たわる人は誰でも、その人がどんなに小さな人でも、その墓はその人と同じ長さに見える。もしその人が背丈の低い小さな人ならば、その墓はその人の身長と同じに見える。もしその人の背丈が高ければ、たとえ四キュビット（一キュビットは約四六〜五六センチ）の背丈があっても、その墓はその人と同じ長さに見える。旅人は誰もが皆疲れても、この墓の前で三度跪拝すれば、たとえ地の涯《はて》まで一人で行こうとも、彼の死の日まで疲労で再び悩まされることがないだろう。

モナ島(1)（アングルシー島）の驚異譚について

75

第一の驚異は海のない海岸である。

第二の驚異はそこには一年に三度回転する山がある。

第三の驚異はそこにある浅瀬である。海水が氾濫すると、その浅瀬は氾濫し、海水が退《ひ》くと、その浅瀬は縮小する。

第四の驚異は夜中にキ（シ）ティイン峡谷(2)を歩き回る石で、これはメナイ(3)と呼ばれる海の真ん中にあるケリスの渦巻(4)の中に一度放擲されると、その翌日に上述の峡谷の岸の上に確かに発見されたのである。

アイルランドの驚異譚について

76

そこにはロッホ・レイン(1)と呼ばれる湖があり、それは四つの環《わ》で囲まれている。最初は錫の環でその湖は囲まれており、第二は鉛《なまり》の環で囲まれており、第三は鉄の環で囲まれており、第四は銅の環で囲まれている。そしてその湖には王たちが彼らの耳に飾る多くの真珠が発見される。

木を硬くして石にするもう一つの湖がある。しかし、人々は木を取って来て形作つくり、後で湖の中へ投げ込むと、その木は年の瀬までその湖に留まる。すると年の瀬には石となって発見される。この湖はエカフ（ホ）湖(2)と呼ばれる。

アイルランドのある種の驚嘆すべき兆候と予兆の報告が始まる。

世界の支配者たる慈悲深い神は、それらを見たいと思う人々を驚かせるために、未来に横たわるじつに多くの驚異的な善と悪を知らせる刻印された前兆を明らかにした。これらが既に起こった殆どすべての場所はその全時間の短さゆえ、無傷のままに残っている。

三つの太陽が天空を同時に回転するのが見られる。

大地がある種の恐ろしい火を放った。
夜の大部分は昼の光で輝いていた。

見よ、巨大な石（隕石？）が天から川の中へ落下した。

黄金の輪が空高い太陽を取り囲んだ。

羊がエジプトで奇妙な口調で話した。

牛はローマで興奮した声で預言者に話した――
「あなた方は穀物の豊穣を手に入れて、
それらは人類を死滅させるであろう。」
人間の群れは今や木の上に生まれた花穂《かすい》を見た。
血もまた切られたパンから溢れんばかり会食者らの眼前に流れ出て、

この前兆は彼らを恐れさせた。

牛は多くの目撃者の眼の前で最近羊を産んだ。

騎士らは何日もの間丘の上で、市民らがその戦況を見る前で、
戦列を組んで戦端を開き、激しく戦っていた。

一匹の牝馬がわれわれら時代（現代）に生まれた。
つまり、全体が一人の人間で完全に人間らしいが、
それにも拘らず彼女は馬の気質に従い嘶き、
よって、彼女はパン等を食べるように干し草を食べた。

二重（倍）の人間が生まれて、長い間生き、
四本の手、二本の足、二つの頭、二つの胸を持ち、
彼は二つの精神と一つの腹部を持っていた。

それらの尻の部分からある人は新しい言葉を響かせて、
その時ある種の旋律《メロディー》を絶妙に歌う。

次のような言葉を言う小鳥の声が聞こえた――
つまり「わたしは朝早く起きて、権力ある主人を褒めたたえよう」と。

これらは皆が報告する驚異と兆候（前兆）である。
しかし、今やわたしはアイルランド自身が皆に声高に叫ばれている
わが祖国の驚異を書き記そう。

アイルランドの驚異の事象について
われわれの領土に有名で小さい島があり、
この島は死んだものの腐食を十分妨げるか、
悪臭を放つすべての肉を有毒な液で腐敗させない。
そこには外観は元のままであるが、
爪と同時に髪が伸びる小鳥がいる。

われわれの土地に湖があり、
この湖には波の下の木が七年の歳月を経た後で、
石となる習性の力を持ち合わせている。

もう一つの湖があって、驚異の泉がその湖から五フィート離れている。
従って、この湖が大雨で増水するか過剰な熱暑で一層減水すると、
その泉はそれにも拘わらず湖からつねに五フィートの距離しか離れていない。

やがて髪の毛を灰色（白髪）にするという性質が実証された
もう一つの泉が多くの人々によって発見されている。

もし誰かに触られるか見られると、
大雨をもたらすもう一つの泉があり、
聖なる犠牲《いけにえ》で防がなければ、
天は泉を氾濫させることをやめない。

目撃者らにその人の寿命を示す泉が本当に存在する。
というのは、溢れんばかりに迸り出る時は、それは長寿を示し、
沈黙する時には、目撃者が間もなく死ぬことを証明する。

甘い水の泉が山頂にあって、
海のように干潮と満潮を保っている。

二つの相反する作用をする泉があるといわれる。
というのは、一方は飲めないものであり、他方は生命《いのち》を全うさせて奪わない。
誰も二つの内どちらが惹き起こるのかを知らない。
それゆえに、経験ある人びとはそのいずれにも敢えて触れない。

海のすぐ傍にはかなり大きな堆積物があるといわれる。
かつて人びとはある驚異の石に供物をそなえていて、
その石はいつもの潮流より引き潮でも大きく見えなく、

潮流が海岸を満たし、海水が岸辺を隠す時に、海岸はより高く見える。

別の驚異の石がある。というのは、その石が鞭で打たれると、
それは突然に俄雨を降らせて、
直ちに暴風雨を起こし暗闇がそれに続くからである。

その当時一人のある王が玉座を占めていた時、
アイルランド人の殊更《ことさら》に驚異の三つのものがあった。
つまり、石と小さな少年と墳墓である。
なぜなら、その石は王に踏まれると音を鳴らしたといわれる。
今や石は大声で喚《わめ》いて七番目の子を生み落し、
そのじつに小さな選ばれし者は皆に牝馬と呼ばれて、
五フィートより大きく成長もせず、
五フィートより小さくもならなかった。

そのじつに驚嘆すべき家畜の水飲み桶には癩病患者らを皆その中に入れ込んで、

そこで彼らの身体《からだ》を洗わせる。

しかし、これは後に続く有毒な部分とは同じでなく、いつもの通路から向かい、こうしてその中へ入る。しかし、両方の部分の間には二フィートほどの僅かな距離しかないように見える。

この土地には女性らを狡猾にも欺いたある人間の墓がある——すなわち彼は多数の女性らの肉体を犯したのである。

しかし、彼は最後に幸運にもその犯罪行為を嘆き悲しんだ。

それゆえ、もし女がそれらの墓を不思議にも見れば、彼女はその墓を見分けて、屁をひるか笑うのが慣わしであり、もし彼女が笑わなければ、今度それは別の端の方から鳴り響くのである。

子供らから聖パトリキウスに大声で呼びかけて、
幼児たちはかつて母の胎から言った——

「聖パトリキウスよ、いざ、われらを救いたまえ」と。

聖キエナン(3)について
この祖国にその名を聖キエナンというある一人の聖人がいて、

彼はおよそ五〇〇年前に死んだのであるけれども、
今も完全な肉体を具えて、五体が損なわれずにいる。
たしかに、死者たちは皆この場所で朽ち果てている。

狼に変身する人びとの中には、その先祖から
アイルランド人の驚異の性質を受け継いで持っている
人々がいる――彼らは望むや否や、苦もなく引き裂く狼の歯の姿に変身
することができる。そこから、彼らはしばしば呻く羊らを殺すように見える。
しかし、人間の叫び声か彼らの往来を棍棒や武器で脅かすと、
逃げては急いで引き返す。
しかし、彼らがこれを行う時は、自分の本当の身体を後に置いていく。
そして、彼らはその身体に誰もそこから動かさぬように命令する。
もし身体がその場を離れることが起これば、彼らはそこへ戻れなくなろう。
もし何かが身体を傷つけ、特にその傷が彼らの身体に入り込めば、
殆どつねに彼らの本物の肉体にこの傷跡が認められる。
本物の身体の口の中に付着する生の肉も、仲間らにより同様に認められる。

われわれと他の人びとは皆これには驚嘆する。

頭を切断されて七年間生きていた人について——
苦悩のために疲れ果てたある人が首を切断された——
その後に彼は七年間生きたといわれる。
というのは、この哀れな男は開いた咽喉から食料を要求していた。

悪魔らに強奪された身体を持つ女らについて——このような驚嘆すべき事態が有名な人びとの間で
つねにその数を増やしている。
善良で誠実な男がある驚嘆すべきことを見た。
というのは、ある日彼は川辺に鳥たちを見つけた。追い払うため、彼は石を投げて一羽の白鳥に命中
させて傷つけた。
彼はそれを捉えようと思って、その時直ちに走り寄った。
しかし、その男は大急ぎで行ったが、不思議にもそこには一人の婦人の姿があった。彼は彼女をびっ
くりした顔をして見つめ、彼女に次のように尋ねた——「あなたはどこからきて、何事が起こり、
あるいは何時《いつ》ここにきたのか」と。

彼女は答えた――「わたしは病気でした。そして、あの時は死の間際にあって、わが家族らには死んだものと思われていました。しかし、わたしは肉体と共に突然悪魔らに奪われました。」

彼は殆ど信じ難いことを彼女から聞いたが、彼女を一緒に連れて行って、彼女に衣服を着させ満腹にさせた。そして、彼はそれを信じる彼の一族（家族）に彼女を埋葬するようにと引き渡した。

彼らは今や起こったことを殆ど信じることができなかった。

空中に見える船について――ある時、アイルランド人の集会中に、さまざまな多くの人々や、整然と秩序立った兵士らと共に一人の王がいた。

見よ！　彼らは突然空中を船が走るのを見た。その時その船から一人の人が魚を目がけて槍を放つと、その槍は地上に落ちた。

すると、これからまさにお聞きになるように、彼は泳いでその槍を引き戻したのだ。

誰が一体そんな話を耳にしようか！

（残りの頁は欠損）

［訳注］

ネンニウスの序文

（1）八世紀のウェールズ、バンガーの司教。ウェールズ語でエルフォズ（Elfodd）という。彼は復活祭の周期日を決定するローマ式算定方法をウェールズの教会に導入したとされる。

（2）スペイン、セヴィリャの大司教（c.560－636）。西方教会の最後の教父で、神学、歴史、文学、科学に通じた。主著に中世の百科事典ともいわれる『語源論』*Etymologiae* がある。

（3）ヒエロニムス（c.347－420）はキリスト教の聖職者・神学者。聖書のラテン語訳の『ウルガタ聖書』でも知られる四大ラテン教父の一人。

（4）アキテーヌのプロスペル（St.Prosper Aquitanus :c.390－c.455）はキリスト教作家でヒッポーのアウグスティヌスの弟子。聖ヒエロニムスの『普遍史年代記』*Universalis Chronicon* の最初の継承者であった。

（5）カエサレアのエウセビウス（c.263－339）ギリシア教父の一人で歴史家・聖書注釈家。主著に『教会史』がある。

（6）中世ウェールズ三王国の一つであるグウィネズ（Gwynedd）王国のマーフィン・フライッチ（Merfyn Frych）王（c.825－844）を指す。

ネンニウスの弁明文

（1）ウェールズ語エルフォズ（Elfodd）のラテン表記で上記'Elbotus'と綴りは違うが同一人物を指す。

I　世界の六つの時代区分について

2

（1）新バビロニア王国の二代目王（BC.634－BC.562）。在位中、荒廃したバビロニア復興工事やエルサレムのバビロン捕囚を行った。旧約聖書の「ダニエル書」参照。

（2）ネブカドネザル王はユダ王国のエルサレムを攻略し生き残った人々をバビロンに強制移住させて捕囚とした。この捕囚は計三回行われたが、ペルシャの初代の王キュロス二世により解放され、エルサレムで神殿建設を許される。

6

（1）ユダヤの預言者。Cf.旧約聖書「ダニエル書」。

II　ブリトン人の歴史

7

（1）ここでの「スコット人」はアイルランド人を指す。

8

（1）フランス西部のブルターニュ地域圏を指す。

（2）イングランド南部、イギリス海峡にある島。

（3）アイルランドのラテン語名。

（4）アイリッシ海に浮かぶ現在のマン島で独自の議会、法律を持つ。古代名はMona島またはMonapia島と呼ばれた。

（5）ブリテン北部に住んだ古代人。

（6）スコットランド北方の群島を指す。

9

（1）イングランド南部グロスターシアのコッツウォルド丘陵に発し、東流して北海に注ぐイングランド最大の川で、ロンドンでは'the River'と呼ぶことが多い。

（2）ウェールズ中部から北東に進み、イングランド南部を南流してブリストル湾に注ぐセヴァーン川を指す。

（3）「詩篇」72：8 'Et dominabitur *a mari usque ad mare*, et a flumine Usque ad terminos orbis terrarum'「海から海までずっと、そして川から地球の果てまでも治められますように」に由来する。なおカナダの建国のモットーである。

10

（1）トロイアの勇士で、アンキセースとアフロディテの息子。トロイア滅亡後にイタリアに渡り、ラウィニウム（Lavinium）市を建てる。ローマ市の建設者とされるロムルスの祖先。ヴェルギリウスの叙事詩『アイネーイス』*Aeneis* の主人公として有名。

（2）アエネアースとクレウサの息子でローマの母市アルバ・ロンガの建設者。

（3）ラティウムのアルデアを中心に住んでいた一部族のルトゥリー族の王。

（4）ラウレンテス族の王で、娘のラウィニアをアエネアースに嫁がせた。

（5）ラティウム地方の住人たち。

（6）ローマ市の母市でラティウムにあり、アエネアースの息子アスカニウスが創建した。

（7）アルバ・ロンガの王の一人。

（8）イタリア半島、コルシカ島、サルディニア島、シキリア島に囲まれた海域。

（9）アルプス山脈以南と以北に住んでいたガリア族の地。

（10）フランス中北西部のロワール川に臨む古都トゥール（Tours）。

11

（1）旧約聖書の「サムエル記」に登場するユダヤの民族的指導者の士師、祭司。王政を導入する前の最後の士師の一人とされる。

（2）旧約聖書に記されている十戒が刻まれた石板を収めた「契約の箱」で、約櫃、聖櫃ともいわれる。

13

（1）中世アイルランドのキリスト教偽史上の人物で、伝説によると彼は大群のアイルランド入植者らを率いたといわれる。この名前は聖書の中の "Barthomaeus" に由来するとされる。

14

（1）北アイルランド北東部の現在アントリム郡と言われる地方。

（2）現在の南東ウェールズ地方。

15

（1）旧約聖書「出エジプト記」14：21－22参照。

（2）紀元前八世紀－紀元前三世紀にかけて、ウクライナを中心に活動したイラン系遊牧騎馬民族及び遊牧国家。

（3）「塩湖」とはいわゆる「死海」（lacus Salinae）を指す。

（4）古代カナン南部の地中海沿岸地域周辺に入植した民族。古代イスラエルの敵として知られ、聖書の『士師記』や『サムエル記』に頻繁に登場する。

（5）古代アルジリアのヌミディア王国の首都キルタに仕える地中海の港湾都市。

（6）現在のシリアを指す。

（7）古代北アフリカの神秘的な川として知られる。ジェフリー・オヴ・モンマス等にも取り上げられて、トロイアのブルートゥスは彼の船が食糧品等の備品を欠乏してこの港に停泊したことを語っている。

（8）現在の北アフリカのモロッコを指す。

（9）ジブラルタル海峡の入口にある岬の古代名。北のヨーロッパ側の柱は「ジブラルタルの岩」と呼ばれる。

（10）訳注10（8）を参照。

（11）アイルランド北部のアルスター州都アントリムの北西部にある地名。

16

（1）ウェールズ北西部にあったグウィネズ国のメルヴィン・ヴリッフ王を指すとされる。

（2）聖パトリキウス（c.387－461）はアイルランドにキリスト教を広めた司教。アイルランドの守護聖人。

（3）キルデアの聖ブリギッド（c.451－525）はアイルランドのキリスト教の修道女。

（4）聖コルンバ（c.521－597）はアイルランド出身の修道僧。スコットランドや北部イングランド布教の中心となったアイオナ修道院を創建した。

18

（1）紀元前二四七年頃に古代イラン王国に住んでいた遊牧民。

（2）バルカン半島のエーゲ海北東岸の地に住んでいた民族。

19

（1）ブリテンの王ルフ二世（Lugh II）の息子といわれる。

（2）紀元前五五年頃のブリテンの王といわれる。

（3）ユリウス・カエサルが紀元前五五年に第一回のブリテン島に侵攻した時戦ったミノカンヌス王の息子ではなく子孫といわれる。

20

（1）伝説上のロンドンを指す。

（2）後のアウグストゥス帝がカエサルの養子になった時に付けられた名前。

21

（1）ティベリウス・クラウディウス・ネロ・ゲルマニクス（10B.C. – A.D.54）はブリタニアに侵攻した皇帝。四人目の妻アグリッピナに毒殺された。

（2）北部ゲルマニアの一部族を言う。

（3）現ドイツのマインツを指す。

22

（1）紀元二世紀の伝説上のブリトン人の王であり、ブリテン島にキリスト教を導入した王と見なされる。

（2）Eucharist(us) は「正餐」「聖体の秘跡」の意味であり、実在の教皇でないと思われる。

23

（1）セヴェルス・カラカラ、セプティムス・セルヴェス等々、セヴェルス名の皇帝は五人いるので特定できない。

24

（1）三世紀のローマ帝国の軍事司令官であった。彼は二八六年の反乱の間に自分はブリタニアと北ガリアの皇帝であると宣言して権力を奪取した。

25

（1）コンスタンティヌス大帝（在位：三〇六 – 三三七）はキリスト教を公認し、ビザンティウムに新首都コンスタンティノポリスを建設した。

（2）大帝の息子コンスタンティヌス二世を指す。

（3）北ウェールズのグイネッズにあるカールナルヴォン（Caernarfon）の街を指す。

（4）カールナルヴォンの近くのセイオントという小さな河畔にあるアントニウス要塞街を意味する。

26

（1）マグヌス・マクシムス（c.335－338）は西ローマ帝国の皇帝であったが、三八三年にブリテンの司令官としてグラティヌス皇帝に反逆し皇帝の玉座を簒奪した。

（2）トゥールの聖マルティヌス（c.316－397／400）はキリスト教の聖人で、殉教せずに列聖された初めての人物で、ヨーロッパ初の聖人でもある。

27

（1）マクシミアヌス皇帝（c.250－310）は一度退位したが、三〇六年と三一〇年に二度正帝に復位した。

（2）ヴァレンティアヌス一世の長男として生まれたフラヴィウス・グラティアヌス（c.359－383）は父王死後一六歳でローマ帝国西方の統治者として跡を継いだ。

（3）この地域は北西イタリアのピエモンテの大聖ベルナール峠から北フランスのピカルディのカンタヴィック地域、更にピカルディからフランス西沿岸地域までに及ぶ。

29

（1）ヴァレンティアヌス二世として兄フラヴィウス・グラティヌスと共に父帝を継承した。

（2）聖アンブロジウス（c.340／－397）は四世紀のミラノの司教でミラノの守護聖人。四大ラテン教父・西方の四大教会博士の一人に数えられる。

（3）テオドシウス帝（c.379－395）はローマ帝国末期の皇帝。属州ヒスパニア出身の軍司令官であったが、皇帝ヴァレンスが三七八年に西ゴート人との戦いで敗死したため、急遽皇帝に指名された。

（4）ヒエロニュムス（c.347－420）はキリスト教の聖職者・神学者。聖書のラテン語訳『ウルガータ聖書』の翻訳者。四大ラテン教父の一人。
（5）現在のフランスのリヨン地方に当たる。
（6）26訳注（2）を参照。
（7）ローマ時代に建設された古代都市を起源として、イタリア北東部の中心都市。現在のイタリアのフリウリ＝ヴェネツィア・ジュリア州ウーディネ県にある。

31

（1）ヴォーティガンとは五世紀の所謂七王国時代のブリタニアに存在したとされるブリトン人の諸侯。当時ブリトン人と対峙するアイルランド人（＝スコット人）、ピクト人に対抗するためヨーロッパ大陸から傭兵としてサクソン人をケントへ招き入れた人物とされる。彼の行動はサクソン人のイングランドへの移住、侵攻を招き、その挙げ句に先住民のブリトン人との抗争を招いて敗北したブリトン人はウェールズに敗走することになる。この事は本書を始め、賢者ギルダスの『ブリタニアの破壊と征服』、尊者ベーダ『イングランド教会史』、七王国時代の『アングロサクソン年代記』、十二世紀のジェフリー・オヴ・モンマス『ブリタニア列王史』でも記されている。
（2）ヘンギストとホルサは伝説上の兄弟で五世紀にブリテン島を侵略するためアングル、サクソン、ジュート人らを率いてケントに上陸したとされる。ヴォーティガンは彼らを傭兵として雇ったけれど、後に彼を裏切り反逆する。ホルサはブリトン人との戦いで斃れるが、ヘンギストゥスとはケントを首尾よく征服して、ケントの初代の王となったといわれる。

（3）サネット島（Isle of Thanet）はローマ時代には本土と船で往来したウォンツァム海峡があった。しかし、沈泥により海峡は塞がり、ヴォンツァム川とスタワー（Stour）と現在はなった。

（4）聖エクイティウス（c.490－570）は六世紀のイタリアの大修道院長。イタリアや西方で修道院運動を広めた。聖ベネディクトゥスの後継者とも称賛された。

32

（1）聖ゲルマヌス（c.378－c.448）はガリアのオセールの司教。ブリテンに於いては四二九年頃に原罪説を否定して自由意志を強調して異端宣告を受けたペラギウス主義の撲滅の伝道でよく知られている。また、聖アルバヌス崇拝の奨励に貢献した。

35

（1）ヴェイル・ロイヤルとポーウィスの北部の君侯を指す。

（2）中世ウェールズ三大国の一つで中東部に位置する。

36

（1）31訳注（3）を参照。

37

（1）北海を指す。

（2）別名で'island of *Angul*'ともいわれて、デンマークのスレスウィックの公爵領にある小さな島であり、その首都がフレンブルグである。ここから、「アングルズ」（*Angles*）が起源する。

（3）ケントのカンティ部族の王の名前。ヴォーティガンはヘンギストゥスにこの王の領土を娘との結婚の代償に与えた。

38

（1）スコットランドの中央部に残る石と土で造られたローマ時代のアントニウスの長城を指す。

（2）ヘンギストの息子の兄弟の名前。

（3）オークニー諸島を指す。グレートブリテン島の北東沖合、北海と大西洋の境界に位置する群島。

（4）ウェールズとピクト人の領土に至るアイルランドの間にある海域。

40

（1）「グウィネズ」（Gwynedd）は「ポーウィス」（Powys）と「コンウィス」（Conwys）と境界を接するウェールズの三大領土の一つ。

（2）ウェールズ北西部のグウィネズ州にあるウェールズ最高峰の山。

41

（1）ウェールズ南西部のモンマスシャ州のアスクとルメイの街の間の地域を指す。

（2）モンマッシャのバッサリグ（Bassalig）と想定される。

42

（1）聖書の「詩篇」72：8に'Et dominabitur *a mari usque ad mare*, et a flumine Usque ad terminos terrae'「彼は海から海まで、そして川から地の果てまで支配するであろう」に依拠する文言とされる。この句は現在カナダ国のモットーとなっている。

（2）現在のウェールズ南西部の都市カーマーゼン（Caermarthen）とされる説が有力である。

43

（1）ヴォルティメルはヴォーティガンの長男で軍の司令官。彼は四度ブリテンの敵軍と戦ったが、後の伝説によると、彼は彼の継母、すなわちヘンギスト娘の裏切りで亡くなったといわれる。

（2）31訳注（2）を参照。

（3）31訳注（3）を参照。

44

（1）イギリスのケントを流れるダレント川で、テムズ川の支流。

（2）ケントのメドウェイ河畔のアイルズフォード（=Epsford）という村。ここで、アングロサクソンの指揮官ヘンギストとホルサとヴォーティガン一族の戦いが行われた。

（3）ウェールズのポーイス国の王子でヴォーティガンの息子。

（4）大西洋、ビスケイ湾を指す。

46

（1）イングランドの南西部で、サクソン人が五世紀の初めにこの地域を植民地化し始めた。

47

（1）テイフィ川の水源はウェールズのテイフィ湖で、その水源は標高四五五メートルのカンブリアン山脈である。

（2）ディベド（Dyfed）王国はローマン・ブリテン治世下の五世紀に南西ウェールズのかつてのデメタエ（Demeta）の領土を基礎に現れた王国である。

48

（1）不詳。

（2）五世紀頃にアングロサクソン人と戦ったブリトン人の指導者。彼の祖先はローマの貴族と見なされている。

（3）ウェールズのポーイス郡にある町の名称。

（4）南ガリアを流れる川の名称。

（5）聖ファウトゥス（c.405／10－490／495）はプロヴァンスのリエの司教で優れた反ペラギウス主義者で有名であった。

49

（1）フェルヴェイルはグウェントかモンマスの王であったと思われる。

（2）ビルスとグオルテギルナイムの二つの州を指す。

（3）セヴァーン川はイギリスで最も長い川。イングランド、ウェールズを南下して、ブリストル海峡に注ぐ。

50

III　聖パトリキウスの生涯

（1）オセール（Auxerre）はフランスの中央部ブルゴーニュ地域圏にある。

（2）16訳注（2）を参照。

（3）伝説上の話によると、聖パトリキウスを奴隷としたアイルランド人の主人である農夫の名前。

（4）司教パラディウス（c.A.D.408／431－c.A.D.457／461）は聖パトリキウスに先んずるアイルランドのキ

リスト教の最初の司教。
（5）聖カエレスティヌス一世は第四三代ローマ教皇で在位は四二二年－四三二年。

51
（1）29訳注（3）を参照。
（2）27訳注（2）を参照。
（3）聖アマトル（c.388－418）はオーセルの司教。彼はオーセルの司教ヴァレリアヌスの下で神学を学んだ。

52
（1）アイルランドとイングランドの間の海で「アイルランド海」とも呼ばれる。

53
（1）レゲイルはニアル（Niall）の息子でエオガン（Eogan）の兄弟。レゲイルは紀元四二八年にアイルランドの王となった。

54
（1）アイルランド島の北西部に位置する現在のコノート地方。
（2）コノートの王。
（3）コノートの西にある山で、現在はクロア・パトリック（Croagh-Patrick）と呼ばれる。

55
（1）51訳注（3）を参照。

56

（1）イングランド東部の北海に臨むリンカンシア州のGlen川という人もいるが、イングランド最北のノーサンバーランド州の北部にあるGlen川の可能性が高いとされる。尚、この'Glen'は「峡谷」を意味して、その中を川が流れていることを指す。Cf. スコットランドのモルトウイスキーの名酒'Glenfiddich《グレンフィディック》'を参照。

（2）イングランド北西部のランカシア州とマンチェスターを流れるダグラス川か、スコットランド南部フォース湾に臨むロジアン（Lothian）の南の境界を形成する小さな川のダグラス川とされる。

（3）ハンバー川河口からザ・ヴォッシュの入江まで、現在のリンカンシアに当たる領域。七王国時代にアングロサクソン人による小さなリンジー王国（The King-dom of Lindey）があった。

（4）川ではなく、スコットランド東ロジアンのノース・バーウィックの近くにあるフォース湾にある孤立した岩場で、通常「ベース・ロック」（The Bass Rock）という。また、ハンプシャーのルサス（Lusas）川と指摘する人もいる。

（5）イングランド北西部の市場町ペンリスからカーライルまで広がるスコットランドの温和な雨林を指す。

（6）諸説があるが、イングランド東部の北海に臨むノーフォーク州のヤーマスという町の近くのギュニオンのローマ人の城砦とされる。

（7）この「肩」は「盾」との混同とする説がある。ウェールズ語の「盾」*'iscuit'*(shield) と「肩」*'iscuid'* shoulders) は極めて似ているためという。

（8）イングランド南西部のエクセター（Exeter）又はローマ軍の駐屯地のチェスター（Chester）を指す。

（9）イングランド南西部サマセット州のリブロイト（Ribroit）川か、北西部のランカシアのリブル（Ribble）川とされる。

（10）このアグネド（Agned）山の位置情報はなく、ジェフリー・オヴ・モンマスはその著『ブリタニア列王史』で「嘆きの山」（Mons Dolores）と結び付けて、「乙女の城」がその上に立っていると記す。より可能性がある説として、エディンバラの「キャッスル・ロック」（Castke Rock）説がある。

（11）ベイドン山はイングランド南部のサマーセット州のバース（Bath）とする説が最も有力である。このベイドン山の戦いの最初の記録は聖ギルダスの『ブリトン人の破滅と征服について』*De Excidio et Conquestu Britanniae*（c.540）であり、一〇世紀の歴史書『カンブリア年代記』*Annales Cambriae*（c.944）にはアーサーのベイドン山（Mons Badonicus）の戦いは五一六年と記録されている。また、この年代記には「カムラン（Camlann）の戦い」（c.537）でアーサー王とメドラウ（Medraut=Mordred）が共に斃れたことが記されている。

（12）エオッバはイダの父親。

（13）イダ（Ida:died c.559）はアングル人のベルニシア王国の初代王であった。

（14）ベルニシア（Bernicia）王国は現在の南東スコットランドと北東イングランドにアングル人が六世紀に入植して確立したアングロサクソン族の王国である。

※「*The Historia Brittonum* 3: The 'Vatican' Recension ed. by David N. Dumville, D.S.Brewer, 1985. による

「アルトゥールスの伝説《アーシュリアーナ》」**27**の翻訳」（その当時、サクソン人は大挙して出現し、ブリタニアに勢力を増していった。しかし、ヘンギストゥスが死に、彼の息子オクタがブリタニア島の左側（西方）の地域からケント王国へやってきた。そして、彼自身からケントのすべての王が今日に至るまで生まれ出た。**そのとき、勇敢なアルトゥールはブリタニアの兵士と諸王らと共にサクソン人と対戦した。そして、多くの人々はアルトゥール自身より身分の高貴な人々であったが、彼自身は十二回の会戦の指揮官であり、それらの戦いの勝利者であった。（Et, licet multi ipso nobiliores essent, ipse tamen duodecies dux belli fuit uictorque bellorum.）**彼らに対する最初の会戦はグレイン（Glein）と呼ばれる川の河口の傍らで始まった。第二回、第三回、第四回と第五回の会戦はリンヌイス（Linnuis）地方であり、ブリトン語でドゥグラス（Duglas）と呼ばれる別の川岸であった。第六回の会戦はバッサス（Bassas）川の畔《ほとり》であった。彼ら（サクソン人）に対する第七回の会戦はブリトン語でカト・コイト・ケリドン（cat Coit Celidon）と呼ばれるケリドンの森で始まった。彼（アルトゥール）は蛮族らに対する第八回の会戦をグイニオン（Guinnion）の要塞で行った。そのアルトゥールはその戦いで永遠の処女、主なる神の御母《みはは》、聖母マリアの像を彼の肩の上に乗せて進んだ。そしてその日一日中で、サクソン人らをわが主イエス・キリストとその聖母マリアの御力により敗走させて、彼らの多くの人々は大殺戮により死んだ。第九回の会戦はブリトン語でカイル・リオン（Cair Lion）と呼ばれるレギオン（Leogis=Legion）の都市《まち》で行われた。しかし、第十回の会戦はわれわれがトラト・トレウロイト（Tra(h)t Treuroit）と呼ぶ川岸で行われた。第十一回の会戦はわれわれがカト・ブレギオン（cat Bregion）と呼び、彼らを潰走させたブレグイオン（Breguion）と呼ばれる山上で行われた。サクソン人に対する第十二回の会戦はじつに激烈なもので、そのとき、アルトゥールはバドン（ベイドン）山上へ（in monte Bdonis）攻め入った。この戦闘において、主なる神のご加護により、彼一人を除いて、ブリトン人の誰一人にも援助を受けず、サクソン人らは彼の攻撃により一日で九四〇人もが斃れた。上述したすべての（サクソン人との）戦いにおいて、その他の極めて多くのブリトン人の軍人たち同様に、彼（アルトゥール）は勝利者であったことが証明される。その上、勇敢さがないことは主なる神の意図と意志に反することである。しかし、サクソン人らが戦闘で打ち負かされることが多くなるにつれ、彼らはゲルマニアから絶えず新たなサクソン人らをより多く増やしていった。彼らは多くの兵士らと共に諸王や指揮官らを殆どあらゆる領域から彼らのもとへ招き寄せた。そして、彼らはこの慣行をイダ（Ida）の治世の時代まで行った――イダはエオッバの（Eobba）息子で、ベルネシア王国（Bernecia）とカイル・アッフラウク（=York）のサクソン人の血統を引く最初の王であった。グラティアーヌス・アエクワンティウス（Gratianus Aequantius）がローマの執政官であったときに――というのは、その当時、全世界はローマの執政官らに支配されていた――サクソン人は主の受難より三四七年に、ヴォルティギルヌス（ヴォーティガン）により迎え入れられた。われわれが今この本を書いている年までは五四七年を数える。そして、本書を読む人は誰であれ、父と精霊と永遠に共存して生きる主イエス・キリストの助けにより、叡知が高められて、主なる神が世々代々にわたり、とこ永久《とわ》に領《し》ろし召《め》されますように！）※前56［訳注］（1）-（14）を参照。

V　各王国の家系図と年算定表付き

57
「ベルニシアの諸王の系譜」
（1）56 訳注（13）を参照。
（2）オスウィ（Oswy:c.612－670）はベルニシア（バーニシア）の王。
（3）エグフリド（＝エグヴリス :c.612－670）ノーサンブリアの王。
（4）六八五年にピクト族の王ブリデイとノーサンブリア王エグフリド（＝エグヴリス）の戦いか？

59
（1）グエルカ（Guercha）はウファ（Uffa）或いはウッファ（Wuffa）という名前の歪曲とされる。一つにはブリトン人作者の発音から、二つには転写筆耕の間違いに起因するとされる。

60
（1）或いはウイッパ（Wibba）となる。

61
（1）ヨークシャのウェスト・ライディングのハッツフィールド（Hatfield）を指す。
（2）西ブリトン族の王カドワッラ（Cadwalla）を指す。
（3）イングランド北東部のトレント川とウーズ（Ouse）川との合流河口の水域。
（4）デイラ（Deira）とベルネシア（Bernecia）の統合を指す。

62

（1）タルヘルンはコエル・ゴデボグの子孫で、アンブロシウスの礼拝堂付き司祭であった。

（2）ローマン・ブリテン下の紀元六世紀頃のブリトン人の詩人。彼の作品は中世ウェールズ語の写本で『タリエシンの書』が残っている。彼は有名な吟遊詩人でブリトン人の王の宮廷で歌われた詩人である。また、アネイリン（fl.550－600）も実在した有名な吟遊詩人であったが、シアン（Cian）やブルクバルドの存在は疑わしいと見なされる。

（3）六世紀初頭のグウィネズの王で、彼はウェールズのブリトン人の諸王の中で、優位な地位を確保して大王と称された。

63

（1）ローマ教皇グレゴリウス一世（c.540－604）は問答者グレゴリウス（Dialogos GreGorios）、大聖グレゴリウスと呼ばれた。典礼の整備や教会改革で有名であり、中世初期を代表する教皇である。

（2）六世紀後半のレゲド（Rheged）の王。この国は初期ブリトン人のヘン・オグレズ（Hen Ogledd）王国である。彼のグウェン・アスタド（Gwen Ystad）とアルト・クルト・フォルド（Alt Clut Ford）の勝利は吟遊詩人タリエシンの詩の中でも称えられている。

（3）ベルミシア（Bermicia）のアングロサクソン王国の第五代の王（在位c.572－579）。

（4）イングランドのノーサンバーランドにある小さな島でリンディスファーン島やホリー・アイランドとも呼ばれる。潮が満ちると島になり、干潮の時は本土と繋がる。

（5）ベルニシアの王エセルフリス・フレクセル（Aetherlfrith the Flexer）を指す。

（6）ノーサンバーランド州の沿岸にある小さな村バンバラー（Bamburgh）を指す。この地の「バンバラー城」（Bamburgh Castle）は有名である。

（7）後にヨークシャ州のウェスト・ライディング（West Riing）となった地域。五世紀から七世紀初期頃の間に独立したブリトン人の王国であった。

（8）イエスの復活・昇天後、集まって祈った一二〇人の信徒たちの上に、神から精霊が降ったことを記念する祝祭日。「使徒言行録」２：１－42参照。

（9）十字架に掛けられて死んだイエス・キリストが三日目に復活したことを記念するキリスト教の祝祭日。カトリックでは「復活の主日」とも呼ばれる。

（10）ヨークの大司教パウリヌスが持っていたノーサンブリア王エドウィンの改宗の割り当て表から、彼が実際に王を改宗させたことが推定できるとされるが、ネンニウスはウリエンの息子ルン（Rhun）が行ったとここでは記している。パウリニウス大司教のウェールズ語名はパウル・ヘン（Paul Hen）またはポリン・エアゴブ（Eagob）といわれる。

64

（1）この'Llauiguin'とは「寛大な、恵み深い手」を意味するという。

（2）北ウェールズを示す。

（3）この名前の綴りは一定せずに紛らわしい。ここではウェセックス王キャドワラ王（659－689）を示す。彼は七王国時代に西サクソン人王国の王で、自身も西サクソン人の出自である。その名はブリトン起源の「カドワロン（Cadwallon）」に由来する。

（4）ベルネシアのオズワルド指揮下のノーサンブリア軍とグウィネズのカドワロン指揮下のウェールズ軍との間で六三三年－六三四年に戦わされた「ヘヴンフィールドの戦い」をいう。

（5）ブリトン人の年代記では、カドワッラデルはローマで死んだと説くが、ネンニウスは疫病のため祖国で死んだとする。

（6）ガイ（Gai）（＝ウィンウェド（Winwaed）の戦いとは、マーシアのペンダ王とベルニシアのオスウィ王の間で六五五年一一月一五日に行われて、ペンダ王が敗北し斃れた。この戦はアングロサクソン人の異教信仰に効果的な終焉を画したとされる。

（7）六十年余にわたるマーシャとノーサンブリアの間の戦争で、紀元六五五年にマーシャ王のペンダとグウィネズ王のカダフェルに包囲されたノーサンブリアの都城《まち》の名前。

65

（1）ウェールズのグウィネズ（Gwynedd）の王。

（2）「敵前逃亡者のカトガバイル」の意味。

（3）司教の聖クスベルト（Cuthbert:c.643－687）はケルトの伝統を受け継ぐ初期ノーサンブリアンの司教で聖人。

（4）北海にあるノーサンバーランド沖合の群島であるファーン諸島（Farne Islands）。

（5）イースト・アングリア王アンナ（(Anna: 在位はc.636－654）はマーシャのペンダ王との戦いで殺される。尊師ベーダはアンナをキリスト教への献身により称賛している。

（6）ノーサンブリア王のオズワルド（c.604－c.641）は聖人として崇敬されて、中世時代には特別な崇拝が行われたと言われる。

（7）不詳。

66

（1）フラウィウス・コンスタンティヌス（fl.447－464）は東ローマ帝国の政治家にして執政官。東ローマ帝国の法務長官を三度務めた。

（2）東ローマ帝国の政治家で、四五七年にコンスタンティヌスと共に執政官に任命されたが、二人とも東ローマ帝国内だけで認められた。

（3）ルキウス・ルベッリウス・ゲミヌスは一世紀のローマの元老院議員で、ガィウス・フリウス・ゲルミヌスと共に第二九代執政官となった。

（4）フラヴィウス・スティリコ（c.365－408）は西ローマ帝国の軍人。

（5）ガッラ・プラキディア皇妃（388－450はローマ皇帝テオドシウス一世の娘で四二三年から息子のウァレリティアヌス三世の摂政を務めた。

（6）ヴァレンティアヌス三世（419－455）は父コンスタンティウス三世とテオドシウス一世の娘ガッラ・プラキディアとの間の唯一の皇太子としてラヴェンナに生まれた。

（7）アングロ・サクソン系の人間であるが詳細は不明である。

（8）アンブロシウス・アウレリアヌスは五世紀にアングロ・サクソン人との重要な会戦に勝利を得たローマ系ブリトン人の指揮官。遂に彼はアーサー王の叔父、つまりアーサー王の父ウーテル・ペンドラゴンの兄弟に変容して行く。

（9）アンブロシウスと上述のヴィタリヌスとの戦いは現在のハンプシャ州のネーザー・ウォロップ（Nether

Wallop）で行われて、通常「ウォロップの戦い」と呼ばれる。

（10）フラウィウス・テオドシウス一世（c.347－395）は三九二年にキリスト教を東ローマ帝国の国教に定めて、後に西ローマ帝国でも同じくして、テオドシウス大帝と呼ばれた。

（11）ヴァレンティニアヌス二世（371－392）はテオドシウス大帝の後継者としてローマ皇帝となった。

（12）フラヴィウス・フェリクス（died 430）は西ローマ帝国の将軍で、四二八年には西ローマ帝国の執政官に選ばれた。

（13）フラヴィウス・タウルス（died 449）は東ローマ帝国の政治家で、四二八年に執政官に選ばれた。

（14）ガイウス・デキウスは（c.201－251）ローマの皇帝（在位：249－251）。

（15）プブリウス・ウァレリアヌス（c193／195／200－260／264）は軍人皇帝時代のローマ帝国皇帝。

VI　ブリタニアの諸都市

66a

（1）（プラス5で計33とする写本もある）。1.Cair Gurcoc（＝アングルシー）2.Cair Merdin（＝カマーザン）3.Cair ceri（＝シレンチェスター）4.Cair Gloui（＝グロスター）5.Cair teim（＝ガーディーン or テイン・グラス）

Ⅶ　ブリタニアの驚異について

67

（1）リーブン湖は中央スコットランドのパース（Perth）にあるキンロスの東に位置する淡水湖を指す。

（2）セヴァーン川の一支流のトランノン川のこと。

（3）ウィッチェ（Hwicce）はブリテン島東南西部にあった七王国時代の小国の一つで、領域はウスター司教区と隣接する、今日のグロスタシャー、ウスターシャーに相当する領域

69

（1）このリワン湖（LakeLiuan）の驚異は現在余り見られない南ウェールズのカイルウエント（Caerwent）近郊にあった中世初期の「渦巻の穴」（Whirlyholes）を示すとされる。

70

（1）中世初期のウェールズの地名で「サンリビウグ」（Cynllibiwg）と呼ばれた。

（2）ウェールズの地にある泉であるが、特定不能である。

（3）ウェールズ中部に発してウェールズ東部・イングランド西部を南東に流れて、セヴァーン川の河口に注ぐ。

（4）ローマ都市ヴェンタ・ベルガルム（Venta Belgarum）に起源してローマ時代は絹織物で有名な南西ウェールズの街。

71

（1）北イングランドと南スコットランドの間にあったレゲド（Rheged ）王国の首都とされる。

（2）聖イルトゥド（St.Illutud）はまた「騎士イルトゥド」としても、神学校の創立者兼大修道院長にして教師としても尊敬されたウェールズの聖人。

72

（1）70訳注（3）を参照。

（2）ウェールズのグウェントにあるvallisputei Mouric（=Pydew Meurig）防壁の傍らにある驚異の泉。

73

（1）ウェールズのブレコンシャ州のポーウイス（Powys）にある町の名前。

（2）ローマ支配下と中世初期のウェールズの王国の一つ。

74

（1）ウェールズ中西部のプリンシパル・エリア州にある街の名前で州都はアベルアイロン。

（2）ウェールズにおけるノルマン人の会戦で有名な土地。Cf.「カーディガンの戦い」'The Battle of Cardigan.'

モナ島（アングルシー島）の驚異譚について

75

（1）ウェールズ北西岸に接する島で、本土との間にメナイ海峡がある。この島は一般に「アングルシー島」というが、古代ローマ人は「モナ島」と呼んだ。

（2）アイルランドにある峡谷の名であるが、その場所を特定できない。
（3）ウェールズのグウィネズのアングルシー島とイングランド本土にある海峡。
（4）メナイ海峡の激しい波のうねりを指す。

アイルランドの驚異譚について

76

（1）アイルランドの「レイン湖」を指す。
（2）北アイルランドの大きな淡水湖をいう。
（3）聖キエナンはトゥールの聖マルティヌス（d.397）の修道院で修道士となり、アイルランドへ帰国して、デュリークの司教に列せられたアイルランドの聖人。

訳者あとがき――解説にかえて

本書の翻訳の底本としては基本的に、Mommsen, Theodore.（ed.）*Historia Brittonvm cvm additamentis Nenni*, Berlin, MGH, 1898 の電子版（彼の著 *Chronica Minora* vol.3, Forgotten books, 2018 も参照。）に依拠して、また John Morris（ed. & tr.）*British History and The Welsh Annals*, Phillimore, 1980を適宜比較参照した。さらに、本書の特に興味深い「アーサーの伝説《アーサリアーナ》」の部分では、Dumville, David N.（ed.）*The Historia Brittonum* 3: The 'Vatican' Recension, D. S. Brewer, 1985 27の当該部分と比較するため、［訳注］欄にこの箇所を併訳して置いた。

先ず、本書の写本数は部分的なものを含め40点を越えて伝存することを考えると、いかに人気があり、頻繁に転写されたことが窺い知れよう。しかし、現存する最古の写本の一つは一一〇〇年頃に作成されたとされるBritish library Harley 3859と呼ばれるいわゆるハーレイ写本である。この写本は従来もっとも内容が原書に近い写本と見なされて、W. H. Stevenson 校訂本（London, 1838）、Theodore

Mommsen校訂本（Berlin MGH. 1898, repr. Munchen 1981）、及び最新のJohn Morrison編・訳版（Chichester, Phillimore, 1980）のいずれの校訂本もこの写本を底本にしている。その他の主な写本群を挙げれば、Gunn, W.がVatican 1964写本を一八一九年に校訂・翻訳に使用したしたもので、十一世紀後半の写本で作者は隠者マルクス（anachoreta Marcus）とされる。また、シャルトル写本（Chartles Bibliotheque Municipale 98）がある。この写本は九世紀／一〇世紀のもので、ハーレイ写本より大分古いものだが、第二次世界大戦で逸失したといわれる。

次に、この伝（偽）ネンニウスの『ブリトン人の歴史』*Historia Brittonum*が作品として成立したのは、本書の内容の時代背景の証拠から歴史家の間では凡そ八二九年か八三〇年と確定される。しかし、著者「ネンニウス」という人物には関しては古来詳らかではなく明確に特定できないが、本著の「序文」や「弁明文」の内容からその人物像が以下のように推定できようか。すなわち先ず、彼は序文に記すように、当時ウェールズ、グウィネズ国バンガーの司教で、七六八年に大陸のカトリック教の流儀に従い「復活祭《イースター》」の周期を執り行うべくウェールズのケルト系キリスト教教会に導入した「聖エルヴォドゥグス」（ウェールズ語エルフォズElfodd）の弟子という。この司教は『カンブリア年代記』（*Annales Cambriae*）の記録によれば、八〇九年に没したと記される。その弟子であったネンニウスは九世紀初期に生きた人物と想定される。このような彼の背景から推定するに、ネンニウスなる人物は、南東ウェールズの出身で、グウィネズ王国で恐らくマーフィン・フラチ（Merfyn Frych）王の宮廷に出仕したことが推定される。本書の出典から、彼は多言語使用者であったことを示し、彼は宮廷に仕える通訳者であったかもしれないといわれる。彼がウェールズ人であることと、聖職者としてのラテン語の習得の外に、ネンニウスなる人物は「古英語」や「古アイルランド語」も十分に自由に操ることができたように思われる。彼は王家の使節で国外へ同行し、国外の出典となる資料に接する機会を得たであろうことが、本書『ブリトン人の歴史』にその姿を垣間見ることができるとされる。

本書がアーサー王伝説に関する最古の資料として重要視されているのは周知の事実であるが、翻訳の底本として依拠した一九世紀最大の古典学者で、ノーベル文学賞の受賞者でもあるテオドール・モムゼン版に従い、その構成を略述すれば次の通りとなる。モムゼンは作品の概要を七部に分けて、それにいわゆるハーレイ写本にはない「序文《プロログス》」と「弁明文《アポロギア》」を付け加え校訂している。すなわち「序文」、「弁明文」、Ⅰ 世界の六つの時代（1－6章）、Ⅱ ブリトン人の歴史（7－49章）、Ⅲ パトリキウスの生涯（50－55章）、Ⅳ アーサー伝説《アーサリアーナ》（56章）、Ⅴ 王族家系と年計算表（57－66章）、Ⅵ ブリタニアの都市（66a章）、Ⅶ ブリタニアの驚異譚（67－76章）という内容の構成となっている。

いわゆるヴァティカン本（'Vatican' Recension）を校訂したDavid N. Dumvilleはネンニウスの序文（*Prefatio Nenni*）は後世の贋作であると見なして、現在さまざまな写本のなかに伝存する形に達する以前には、無名氏による加筆訂正があったと信じていて、彼の見解は学問的に現在概ね受け入れられている。しかし、この「序文」や「弁明文」があるゆえに、（偽）ネンニウスなる人物像もむしろ推定可能であろうし、モムゼン版もこの仕来りに則っている。このヴァティカン版には同様に「驚異譚」も含まれていない。

この『ブリトン人の歴史』の主たる出典は「序文」にも記されているように、アキテーヌのプロスペルとセヴィリャのイシドルスの『年代記』、エウセビウスの『教会史』や聖ヒエロニムスの『年代記』、アキテーヌのヴィクトリウスの『復活祭の進行』*Cursus Paschalis*、ギルダスの『ブリタニアの破滅と征服について』*De Excidio et Conquestu Britanniae*、聖ベーダの『英国人の教会史』*Historia Ecclesiastica Gentis Anglorum*、聖パトリキウスの伝説、アーサーに関するウェールズ語の詩篇、『聖ゲルマヌスの書』*Liber Beati Germani* 等々が挙げられる。

「世界の六つの時代」'**De sex aetatibus mundi**'というタイトルは多くのラテン語の年代記の表題にあるが、これはヒッポーのアウグスティヌスによって創り出された「世界の六つの時代」という概念に基づくとされるが、通常はセヴィリャのイシドルスの『語源論』*Etymologiae* と尊師ベーダの『大年代記』*Chronica maiora* に直接には依拠するといわれる。ベーダの *Chronica maiora* のもう一つの題名は *Chronica de sex aestatibus mundi* でもある。また世界の創造とその後の歴史に関する聖書の記述に基づく歴時代を'Anno Mundi'という。著者ネンニウスのこの部分の直接的な出典は恐らくベーダのラテン語年代記に依るものと思われる。

この作品が重要視されるのは後世にアーサー王物語群として爛漫と咲き誇る中世ロマンスの主人公

である「アーサー（王）」に関する具体的な内容を確認できる最古の資料であり、また後世ジェフリー・オヴ・モンマスのラテン語によるアーサー王物語の原拠となる書『ブリタニア列王史』*Historia Regum Britannie*（c.1138）に甚大な影響を与えた一大資料の書でもあるからである。

「ブリトン人の歴史」の部分では、ブリテン国の建国はトロイアから新トロイアの建国を目指した国外離脱者によって行われ、この島国の名前もかつてスペインを征服したローマの執政官ブルートゥスに由来するという。これは究極的にはセヴィリャのイシドルスの有名な七世紀の著作『語源論』*Etymologiae* に依拠する。その書の中には、ブリテン国は紀元前一三八年にスペインにおけるローマの属州ヒスパニア・ウルテルオル（Hispania Ulteror）を平定したローマの将軍デキムス・ユニウス・ブルートゥス・カッラキウスの名を取って命名されたとある。尚、このブルートゥスはアエネアースの孫か曾孫《ひまご》といわれる。こうしたトロイア起源説などブリテン古代史の部分は以後中世英国の歴史書に受け継がれていくのである。

この箇所に登場するブリテンの国王ヴォルティギルヌス（ヴォーティガン）は北方のピクト族やスコット族の襲撃に備えてウォーデンの血を引くヘンギストゥスやホルサの兄弟らを傭兵として招き入れたこと（31章）、や彼が自らの要塞をスノードン山の山麓に建築しようとしても、一夜にしてその土台が崩壊する不思議を、お抱えの魔術師らに尋ねると、彼は「父なし子」を殺してその子の血を土台に撒くことを忠告されて、彼らに「アウレリアヌス・アンブロシウス」という名の子供を探し出し、その子の予言により、土台の下の水溜りには赤色（ブリトン人）と白色（サクソン人）の二匹の竜が相争うことを予言で的中させる。これら一連の物語は後にジェフリー・オヴ・モンマスの『ブリタニア列王史』*Historia Regum Britanie*（c.1138）の中で「アンブロシウス」は「マーリン」へと名を変えアーサー王の助言役としてさまざまな活躍が展開されるのである。しかし、このヴォーティガンなる人物は当時ブリトン人が支配していたイングランドと対峙するスコット人（アイルランド人）、ピクト人と対抗するため大陸から傭兵としてサクソン人をケントの地に招き入れた人物であり、彼のこのような行動は結果としてサクソン人のイングランドへの移住、侵攻を促し、先住民たるブリトン人との抗争の原因となり、争いに敗れたブリトン人はウェールズの地に敗走することになったのである。六世紀の聖職者で歴史家の聖ギルダスはその著『ブリタニアの破滅と征服について』*De Excidio et Conquestu Britanniae* の二十三章で、彼は「すべての諮問官らは、あの傲慢な僭主（ヴォーティガン）と共に、獰猛で不敬なサクソン人らを招聘してブリテンに定住させる過ちを犯した」と述べている。また八世紀のノーサンブリアン歴史家の尊師ベーダもその著『英国民の教会史』*Historia Ecclesiastica gentis Anglorum* や『大年代記』*Chronica Maiora* の中でもギルダスの記述を言い換えている。また七王国時代の重要な資料である『アングロサクソン年代記』*Anglo-Saxon Chronicle*（c.890）にはヘンギストゥスとホルサ兄弟がケント国でブリトン人と対戦したが、ヴォーティガンはブリトン人側の司令官であったと言及されている。さらに、この『ブリトン人の歴史』を彼の一大資料として、ジェフリー・オヴ・モンマスの『ブリタニア列王史』*Historia Regum Britannie* には第四部、第六巻、第七章ヴォルティギルヌスが王位を狙う［95章］から第十七章ヴォルティギルヌスと魔法使いたち［106章］に亘って登場する。正にアーサー王ロマンスの重要な登場人物の一人として扱われているといえよう。

第Ⅳ 56「アーサー伝説《アーサリアーナ》」には、後世のアーサー王ロマンスの萌芽となる多くの素材が垣間見られる。先ず、**ここではアーサーは「王」ではなく、「戦闘の指揮官」（dux bellorum）として、**サクソン人と対抗し、十二回の戦闘を展開して大勝利を博する。ヴァティカン版によれば、アーサーが王ではない証拠として、「**多くの人々は彼より身分の高貴な人々であったが、彼自身が十二回の会戦の指揮官であり、それらの会戦の勝利者であった。」（Et, licet multi ipso nobiliores essent, ipse tamen duodecies dux belli fuit victorque bellorum.**）とより具体的に描写されている。しかし、これらの十二の戦場の名前はそれぞれ異説があり、必ずしも特定できない場所もあるが、第十二回の会戦は「バドン山」（Mons Badonicus）の山上で行われて、指揮官アルトゥールス一人で敵兵らをその日一日で九六〇人をも大殺戮したという。特にこの最後のベイドン山上での激烈な会戦の最も古い記録はギルダスの『ブリタニアの滅亡と征服』にあり、その戦いはギルダスの生まれた年（494／516 AD）とされる。また、大英図書館所蔵で、本書『ブリトン人の歴史』掲載の写本 Harley 3859 の folios 190 r－193 r に所収される『カンブリア年代記』*Annales Cambriae*（c.954）にはベイドンの戦いは五一六－五一八年と記述されている。また、六六五年に第二次ベイドン山の戦いが行われたことも記載されている。ここで重要なのは『ブリトン人の歴史』ではアーサーは聖母マリアの像を「肩」(「盾」が正しい)に乗せて運ぶのに対し、『カンブリア年代記』では、ベイドンの戦いは五一六年に行われ、「その戦いでアーサーは三日三晩われらの主イエス・キリストの「十字架」(crucem)を両肩に担いでブリトン人らは勝利者となった。」と記されている。しかし、「肩」(umerus)は筆写の間違いで「盾」(clipeus)が正しいとされる。というのは、中ウェールズ語で「盾」はiscuit (clipeus)で、「肩」はiscuid (umerus)であるゆえの誤写であるというのが一般的な定説として受け入れられている。さらに、アーサーに関連する描写として、Ⅶ「ブリタニアの驚異《ミラビリア》について」の73章にもアーサーの猟犬カバル(Cabal)や彼の悲劇の息子アムル(Amr)(orアニル=Anir)が記述されている。前者は石が積まれた石塚の天辺に、犬の足跡のついた石が置かれている。戦士(miles)アーサーの猟犬カバルがトロイント(Troynt)という大猪を追跡した時、石につけた足跡だという。後にアーサーが積石塚を作って、その上にカバルの足跡がついた石を置き、これは「カバルの積石塚」(Carn Cabal)といわれる。人々が来てカバルの足跡のついたその石を一昼夜持ち去っても、翌日にはその積石塚の一番上に発見されるという。マビノギオンの一挿話『キルッフとオルウェン』に登場するアーサー王の飼犬の名はカヴァス(Cauall)であり、この中期ウェールズ語のラテン語表記はカバル(Cabal)となる。戦士アーサーに関するもう一つの驚異はウェールズのエルギング(Ergyng)国にある泉の傍に「アニル(orアムル)の眼」という戦士アーサーが自ら殺して埋めた息子アムルの墓がある。人々がその墓の寸法を測るためやってくるが、測るたびその数値が変わるという。作者自身も試したことがあるという驚異譚である。Ⅵ「ブリタニアの諸都市」（66a）に関しては、モムゼン版には二十八都市が掲載されているが、異本によると三三都市を数える版本もある。いずれの都市も異説があり、特定が困難なものが多く存在する。（訳注にその他の五都市を掲載して置いた）。最後に、Ⅶ「ブリタニアの驚異について」は、この部分はブリテンの各地域の地誌的驚異譚を十三から十四話ほど列記した文章であり、それに75でモナ島（アングルシー島）の四つの驚異譚、76ではアイルランドの三つの驚異譚と、それに一行から長くて二～三行ほどの驚異文が一三五行ほど列記した文章で語られているので、今回はこれらもすべて翻訳しておいた。一説によると、中世キリスト教世界において、キリスト教の教義とこのような驚異の伝統と一致させて、驚異全般に対する関心を高めたのは、主にプリニウスの『博物誌』*Naturalis Historia*に依拠するアウグスティヌス（354-430）の『神の国』*De Civitate Dei*第十六章第八巻で「異形の種族の存在は神の全能を示すものであり、それに驚異の念を抱くことは人間の神に対する謙遜を示すものである」と説く。また同様に、中世キリスト教的驚異観に大きな影響を与えたの、セヴィリャの司教イシドルス（c.560-636）の百科全書的『語源論』*Etymologiae*といわれる。彼は本書の中で「怪物を含む神羅万象が神の創造物である」という。その一方で異形のものは来るべき災厄、つまり凶兆と見なしている。西洋中世における驚異の多面性を知る上で有益な研究文献は山中由里子編『〈驚異〉の文化史――中東とヨーロッパを中心に』やジャック・ル・ゴフ『中世の夢』等があり、また具体的な書籍にはティルベリアのゲルウァシウス『皇帝の閑暇』、特にアイルランド地誌上の驚異に関してはギラルドゥス・カンブレンシス『アイルランド地誌』*Topographia Hibernica*、また当時彼と親交のあったウォルター・マップ『宮廷人の閑話』*De Nugis Curialium* 等々は好個の示唆的な興味深い著書となろう。

本書を翻訳するにあたり、中世ラテン語の原文に即した文意の分かりやすい訳文を心掛けたつもりです。また、各［訳注］については関係資料にあたり厳密を期したつもりですが、浅学菲才ゆえの思い掛けない遺漏や瑕疵があるかもしれません。読者諸兄姉の皆さんの忌憚のないご教示・ご叱正を頂ければ恂に幸甚に存じます。

なお最後に、この度本訳書を出版するにあたり、煩雑な校正を始めいろいろと貴重なご意見と心配りを頂戴した論創社の編集部長松永裕衣子さんに、この場を借りて心より御礼を申し上げます。

令和元年六月　梅雨の晴れ間に

新白河の寓居にて　　訳者

マイヤー、ベルンハルト／鶴岡真弓・平島直一郎訳『ケルト事典』創元社、2001.
マップ、ウォルター／瀬谷幸男訳『宮廷人の閑話―中世ラテン綺譚集』論創社、2014.
松村一男・平藤喜久子・山田仁史編『神の文化史事典』白水社、2013.
松山明子『国のことばを残せるのか―ウェールズ語の復興』神奈川新聞社、2015.
マルカル、ジャン／金光仁三郎・渡邉浩司訳『ケルト文化事典』大修館書店、2002.
マルクス、ヘンリクス／千葉敏之訳『聖パトリックの煉獄』講談社、2010.
南川高志『海のかなたのローマ帝国 増補新版―古代ローマとブリテン島』(世界歴史選書)、岩波書店、2015.
山中由里子編『〈驚異〉の文化史―中東とヨーロッパを中心に』名古屋大学出版会、2015.
リーズ、B・A／高橋博訳『アルフレッド大王―イギリスを創った男』開文社出版、1985.
ル＝ゴフ、ジャック／池上俊一訳『中世の夢』名古屋大学出版会、1992.
――――／樺山紘一監修・橘明美訳『絵解きヨーロッパ中世の夢《イマジネール》』原書房、2007.
レイヤード・J／山中康裕監訳『ケルトの探求―神話と伝説の深層心理』人文書院、1994.

中央大学人文科学研究所『ケルト―生と死の変容』中央大学出版部、1996.
ツァイセック、イアン／山本史郎訳『図説ケルト神話物語』原書房、1998.
鶴岡真弓・村松一男『図説ケルトの歴史―文化・美術・神話をよむ』河出書房新社、1999.
ティルベリのゲルウァシウス、池上俊一訳『西洋中世奇譚集成 皇帝の閑暇』講談社、2008.
ディレイニー、フランク／鶴岡真弓訳『ケルトの神話・伝説』創元社、2000.
中野節子訳『マビノギオン―中世ウェールズ幻想物語集』ＪＵＬＡ出版局、2000.
――――:『マビノギオンを読む―魅惑の国ウェールズの華』ＪＵＬＡ出版局、2017.
中村徳三郎『オシアン―ケルト民族の古歌―』岩波文庫、1971.
バーバー、リチャード／高宮利行訳『』アーサー王―その歴史と伝説』東京書籍、1983.
パッチ、ハワード・ロリン／黒瀬保・池上忠弘訳『異界―中世ヨーロッパの夢と幻想』三省堂、1983.
――――:／黒瀬保訳『中世文学における運命の女神』三省堂、1993.
原聖『興亡の世界史　ケルトの水脈』講談社学術文庫、2016.
バルトルシャイティス、ユルジス・Ｊ／西野嘉章訳『幻想の中世』リブロポート、1985.
――――:／馬杉宗夫訳『異形のロマネスク』講談社、2009.
ピゴット、スチュワート／鶴岡真弓訳『ケルトの賢者「ドルイド」―語りつがれる知』講談社、2000.
平田雅博『ウェールズの教育・言語・歴史―哀れな民、したたかな民』晃洋書房、2016.
ブレキリアン、ヤン／田中仁彦・山邑久仁子訳『ケルト神話の世界』中央公論社、1998.
ヘイウッド、ジョン／井村君江・倉嶋雅人訳『ケルト歴史地図』東京書籍、2003.
ベルトゥロ、アンヌ／村松剛監修・村上伸子訳『アーサー王伝説』創元社、1997.

ゲスト、シャーロット他／井辻朱美訳『マビノギオン―ケルト神話物語』原書房、2003.
ケリガン、マイケル／高尾菜つこ訳『図説ケルト神話伝説物語』、原書房、2018.
コグラン、ローナン／ 山本史郎訳『図説アーサー王伝説事典』原書房、1996.
桜井俊彰『イングランド王国前史―アングロサクソン七王国物語』吉川弘文館、2010.
――――：『イングランド王国と闘った男―ジェラルド・オブ・ウェールズの時代』吉川弘文館、2012.
――――：『物語 ウェールズ抗戦史―ケルトの民とアーサー王伝説』集英社新書、2017.
サビン、パリング=グールド／池上俊一監訳『ヨーロッパをさすらう異形の物語 中世の幻想・伝説・神話』（上 下） 柏書房、2007.
サルウェイ、ピーター／南川高志訳『古代のイギリス』岩波書店、2005.
――――：／南川高志・鶴島博和訳『オックスフォード ブリテン諸島の歴史』（1）慶應義塾出版会、2011.
ジェフリー・オヴ・モンマス／瀬谷幸男訳『ブリタニア列王史』南雲堂フェニックス、2007.
――――：／瀬谷幸男訳『マーリンの生涯』南雲堂フェニックス、2009.
高橋博訳『アルフレッド大王―英国知識人の原像』朝日選書、1993.
――――：『ベーダ英国民教会史』講談社学術文庫、2008.
高宮利行『アーサー王伝説万華鏡』中央公論社、1995.
武部好伸『ウェールズ「ケルト」紀行―カンブリアを歩く』彩流社、2004.
――――：『イングランド「ケルト」紀行―アルビオンを歩く』彩流社、2006.
――――：『アイルランド「ケルト」紀行―エリンの地を歩く』彩流社、2008.
田中仁彦『ケルト神話と中世騎士道物語―「他界」への旅と冒険』中公新書、1995.
チャールズ=エドワーズ、トマス／常見信代・鶴見博和訳『オックスフォード ブリテン諸島の歴史』（2）、慶応義塾大学出版会、2010.

井村君江『妖精学大全』東京書籍、2008.
ヴァルテール、フィリップ／渡邉浩司・渡邉裕美子訳『アーサー王神話大事典』原書房、2018.
――――：／渡邊浩司・渡邊裕美子訳『英雄の神話的諸相―ユーラシア神話試論Ⅰ』中央大学出版部、2019.
エウセビオス／秦剛平訳『教会史』（上・下巻）（講談社学術文庫）、2010.
大沢一雄訳『アングロ・サクソン年代記』朝日出版社、2012.
岡本広毅・小宮真樹子編『いかにしてアーサー王は日本で受容されサブカルチャー界に君臨したか―変容する中世騎士道物語』（株）みずき書林、2019.
尾島庄太郎『英吉利文学と詩的想像―ケルト民族の禀質の展開』北星堂、1953.
カイトリー、チャールズ／和田葉子訳『』中世ウェールズをゆく―ジェラルド・オブ・ウェールズ1188年の旅』関西大学出版部、1999.
加藤恭子『アーサー王伝説紀行―神秘の城を求めて』中公新書、1992.
加藤忠興・中野節子『マビノギオンの世界―ウェールズに物語の背景をたずねて』JULA出版局、2006.
樺山紘一『異境の発見』東京大学出版会、1995.
カンフリー、バリー／蔵持不三也訳『図説ケルト文化誌』原書房、1998.
カンブレンシス、ギラルドゥス／有光秀行訳『アイルランド地誌』青土社、1996.
君塚直隆『物語 イギリスの歴史―古代ブリテン島からエリザベス１世まで』中公新書、2015.
木村正俊『ケルト人の歴史と文化』原書房、2012.
――――：『ケルトの歴史と文化』上下巻、中央公論新社、2018.
木村正俊／村松賢一編『ケルト文化事典』東京堂出版、2017.
キャヴェンディッシュ、リチャード／高市順一郎訳『アーサー王伝説』晶文社、1983.
グリーン、ミランダ・J／井村君江他訳『ケルト神話・伝説事典』東京書籍、2006.
ゲスト、シャーロット／北村太郎訳『マビノギオン―ウェールズ中世英雄譚』王国社、1988.

———: *Arthurian Figures of Hirtory and Legend.*: A Bibliographical Bibliographical Dictionary. MacFarland Publishing. 2010.
Ress, A. & B. *Celtic Heritage*. Thames & Hudson, 1973.
Rivet, A. L. F & Smith, C. *The Place-names of Roman Britain*. London, 1979.
Ross, Anne. *Pagan Celtic Britain*. Routledge Kegan Paul, London, 1967.
Salway, P. *The Oxford Illustrated History of Roman Britain*. Oxford, 1993.
Stenton, F. M. *Anglo-Saxson England* (3rd edn). Oxford University Press, 1971.
Tatlock, J. S. P. *The Legendary History of Britain. Geoffrey of Monmouth's Historia Regum Britanniae and its Early Vernacular Version* (Berkeley Cal.). 1950.
Todd, Malcolm. (ed.) *A Companion to Roman Britain*. Blackwell, 2004/2007.
Walker, David. *Medieval Wales*. Cambridge University Press,1990.
Weiss, Judith. *Wace's Roman De Brut: A History of the British* (*Exter Medieval Texta an d Studies*). Liverpool University Press, 2003.
White, Muriel. *The Legends of King Arthur in Art*. D. S. Brewer, 1995.
White, Richard. *King Arthur in Legend and History*. J.M.Dent, 1997.
William ab Ithel, John, (ed.) Annales Cambriae. Cambridge University Press, 2012.
Williams, I. 'Mommsen and Vatican Nennius', *Bulletin of the Board of Celtic Studies II* (1942-4), pp.43－8.
Wilson, R. J. A. *A Guide to the Roman Remains in Britain*. 4th edn, London, 2002.

Ⅲ. 邦文関連文献抄

青山吉信『アーサー伝説―歴史とロマンスの交錯―』岩波書店、1985.
———:『イギリス史（1）先史～中世』（世界歴史大系）山川出版社、1991.
アッサー／小田卓爾訳『アルフレッド大王伝』中公文庫、1995.
アッシュ、ジェフリー／横山茂雄訳『アーサー王伝説―黄金時代の夢』平凡社、1992.
アンダーソン、ウィリアム／板倉克子訳『グリーンマン―ヨーロッパ史を生きぬいた森のシンボル』河出書房新社、1998.
井村君江「アーサー王伝説―ケルト伝説の果実」木村尚三郎編『物語にみる中世ヨーロッパ世界』光村図書出版、1985. 所収

Holder, P. A. *The Roman Army in Britain*. London, 1984.

Jones, B & Mattingly, D. *An Atlas of Roman Britain*. Oxford University Press, 1990.

Jones, Charles W. *Medieval Literature in Translation* (*English Edition*). Dover Publications, 2013.

Kennedy, Mike Dixon. *The Companion to Arthurian and Celtic Myths and Legends*. Sutton Publishing. 2006.

Koch, John Thomas. *Celtic Culture: a historical encyclopedia*. ABC-Clio, 2006.

Lacy, Norris J. (ed.) *The Arthurian Encyclopedia*. Garland, 1986.

———: (ed.) *The New Arthurian Encyclopedia*. Garland Publishing, Inc. 1996.

Lacy, Norris J. & Wilhelm, James, J. (eds.) *The Romance of Arthur — An Anthology of Medieval Texts in Translation* (3rd.edn). Routledge, 2013.

Lambdin, Laura C. and Lambdin, Robert T. *Arthurian Writers:A Biographical Encyclopedia.* ABC-Clio, 2008.

Loomis, R. S. *Arthurian literature in the Middle Ages*. Oxford University Press, 1959.

———: *Wales and Arthurian Legend.* University of Wales Press,1956.

Loomis, R. S. & L. H. *Arthurian Legends in Medieval Art*. New York, 1938.

Lupack, Alan. *Oxford Guide to Arthurian Literature and Legend.* Oxford University Press, 2005.

Mackillop, James. *A Dictionary of Celtic Mythology.* Oxford University Press, 2004.

Millett, M. *The Romanization of Britain.* Cambridge University Press,1990.

Moorman, Charles and Ruth. *An Arthurian Dictionary*. University Press of Mississippi, 1978.

Nagy, Joseph Falaky. *Conversing with Angles an Ancients:Literary Myths of Medieval Ireland.* Cornell University Press, 2018.

Reno, Frank D. *Historic Figures of the Arthurian Era: Authenticating the Enemies and Allies of Britain's Post-Roman King*. MacFarland Publishing, 2000.

———: *The Historic King Arthur: Authenticating the Hero of the Post-Celtic Roman Britain.* MacFarland Publishing. 2007.

Davies, John. *A History of Wales*. London, Penguin books, 1994.

Delaney, Frank. T*he Legends of the Celts*. Hodder & Stoughton, 1989.

Dillon, M. and Chadwick N. K. *The Celtic Realms*. London, Weidenfeld & Nicholson, 1967.

Dumville, David N. "Some aspects of the chronology of the *Historia Brittonum", Bulletin of the Board of Celtic Stuies* 25.4: pp. 439 – 45, 1974.

________: 'The Textual History of the Welsh-Latin *Historia Brittonum'*, University of Edinburgh, Presented to the degree of Doctor of Philosophy, 1975.

Dunphy, Graeme. *Encyclopedia of the Medieval Chronicle*. Brill Academic Pub., 2010.

Echard, Sian. *The Arthur of Medieval Latin Literature*. University of Wales Press, 2011.

Echard, Sian et al. *The Encyclopedia of Medieval Literature in Britain*, 4vols, Wiley Blackwell, 2017.

________: *Arthurian Narrative in the Latin Traitio*. Cambridge University Press, 1998.

Field, P. J. C. 'Nennius and His History' *Studia Celtica* 30, 1996, pp.159 – 65.

Flecher, R. H. *Arthurian Material in the Chronicles*. Cambridge, Massachusetts, 1906.

________: *Who's Who in Roman Britain and Anglo-Saxon England*. Shepheard-Walwyn, 1989.

Frere, Sheppard. *BRITANNIA: A History of Roman Britain*. London, Pimlico, 1991.

Giles, John Allen. (tr.) *History of the Britons (Historia Brittonum)*. Book Jungle, 2008.

________: *Historical Documents Concerning the Ancient Britons*. Forgotten Books, 2018.

Hanning, Robert, W. *The Vision of History in Early Britain: From Gildas to Geoffrey of Monmouth*. New York, 1966.

Higham, Nicholas, J. *King Arthur — Myth-Making and History*. Routledge, 2002.

________: *King Arthur:The Making of the Legend*. Yale University Press, 2018.

参考文献抄

Ⅰ. 校訂本抄

Dumville, David N. (ed.) *The Historia Brittonum* 3: The 'Vatican' Recension. D. S. Brewer, 1985.

Gunn, W. (ed. & tr.) *The "Historia Brittonum" commonly attributed to Nennius; from a Manuscript lately discovered in the Library of the Vatican Palace at Rome; edited in the Tenth Century by Mark the Hermit*. London, printed for John and Arthur Arch, Cornhill, 1819.

Klawes, Gunter. (ed. & tr.) *Nennius Historia Brittonum*. Marixverlag, 2012.

Mommsen, Theodore. (ed.) *Historia Brittonum cum additamentis Nenni.* In Chronica Minora Saec. IV. V. VI. VII. pp.112-222. Forgotten books, 2018.

Morris, John (ed. & tr.) *British History and The Welsh Annals.* Phillimore, 1980.

Ⅱ. 欧文関連文献抄

Alcock, Leslie. *Arthur's Britain: History and Archaeology AD 367－634.* Penguin, 1983.

Ashe, Geoffrey. *A Guide to Arthurian Britain*. London, 1980.

Barber, Richard. *Myths and Legends of the British Isles.* The Boydell Press, 1999.

Bartlett, Robert. *Gerald of Wales: A Voice of the Middle Ages*. Tempus Publishing Ltd., 2006.

———: *Gerald of Wales 1146－1223*. Oxford, Clarendon Press, 1982.

Bromwich, Rachel. *Trioedd Ynys Prydein: The Triads of the Island of Britain,* University of Wales Press, 2006.

Carr, A. D. *Medieval Wales*. Newy york, St.Martin,s Press, 1995.

Casleden, Rodney. *King Arthur:The Truth behind the Legend.* Routledge, 2003.

Chadwick, N. K. *Celtic Britain*. Thames & Hudson, 1963.

Christopher W. Bruce. *The Arthurian Name Dictionary*. Garland Publishing, Inc. 1999.

Clayton, P. A. (ed.) *A Companion to Roman Britain*. Oxford University Press, 1980.

†訳者
瀬谷 幸男（せや・ゆきお）
1942年福島県生まれ。1964年慶應義塾大文学部英文科卒業、1968年同大学大学院文学研究科英文学専攻修士課程修了。1979～1980年オックスフォード大学留学。武蔵大学、慶應義塾大学各兼任講師、北里大学教授など歴任。現在は主として、中世ラテン文学の研究、翻訳に携わる。主な訳書にA.カペルラーヌス『宮廷風恋愛について―ヨーロッパ中世の恋愛術指南の書―』（南雲堂、1993）、『完訳 ケンブリッジ歌謡集―中世ラテン詞華集―』（1997）、ロタリオ・デイ・セニ『人間の悲惨な境遇について』（1999）、G.チョーサー『中世英語版 薔薇物語』（2001）、ガルテース・デ・カステリオーネ『アレクサンドロス大王の歌―中世ラテン叙事詩』（2005）、W.マップ他『ジャンキンの悪妻の書―中世アンティフェミニズム文学伝統』（2006）、ジェフリー・オヴ・モンマス『ブリタニア列王史―アーサー王ロマンス原拠の書』（2007）、『放浪学僧の歌―中世ラテン俗謡集』（2009）、ジェフリー・オヴ・モンマス『マーリンの生涯―中世ラテン叙事詩』（2009）（以上、南雲堂フェニックス）、P.ドロンケ『中世ラテンとヨーロッパ恋愛抒情詩の起源』（監・訳、2012）、W.マップ『宮廷人の閑話―中世ラテン綺譚集』（2014）、『シチリア派恋愛抒情詩選―中世イタリア詞華集』（2015）『中世ラテン騎士物語―アーサーの甥ガウェインの成長記』『完訳 中世イタリア民間説話集』（2016）、ジョヴァンニ・ボッカッチョ『名婦列伝』（2017）、『中世ラテン騎士物語―カンブリア王メリアドクスの物語』（2019）（以上、論創社）がある。また、S.カンドウ『羅和字典』の復刻監修・解説（南雲堂フェニックス、1995）、その他がある。

中世ラテン年代記 ブリトン人の歴史

2019年 9 月10日　初版第 1 刷印刷
2019年 9 月20日　初版第 1 刷発行

著　者　伝ネンニウス
訳　者　瀬谷　幸男

発行者　森下　紀夫
発行所　論 創 社
〒101-0051 東京都千代田区神田神保町 2-23　北井ビル
tel. 03 (3264) 5254　fax. 03 (3264) 5232
http://www.ronso.co.jp　振替口座 00160-1-155266

装　幀　奥定泰之
組　版　中野浩輝
印刷・製本　中央精版印刷
ISBN978-4-8460-1861-0 ©2019 Printed in Japan

落丁・乱丁本はお取り替えいたします。

論　創　社

中世ラテンとヨーロッパ恋愛抒情詩の起源◉ピーター・ドロンケ

恋愛、それは十二世紀フランスの宮廷文化の産物か ?!「宮廷風恋愛」の意味と起源に関し、従来の定説に博引旁証の実証的論拠を展開し反証を企てる。(瀬谷幸男監・訳／和治元義博訳)　**本体 9500 円**

宮廷人の閑話◉ウォルター・マップ

中世ラテン綺譚集　ヘンリー二世に仕えた聖職者マップが語る西洋綺譚集。吸血鬼、メリュジーヌ、幻視譚、妖精譚、シトー修道会や女性嫌悪と反結婚主義の激烈な諷刺譚等々を満載。(瀬谷幸男訳)　**本体 5500 円**

シチリア派恋愛抒情詩選◉瀬谷幸男・狩野晃一編訳

中世イタリア詞華集　十三世紀前葉、シチリア王フェデリコ二世の宮廷に花開いた恋愛抒情詩集。18 人の詩人の代表的な詩篇 61 篇に加え、宗教詩讃歌（ラウダ）および清新体派の佳品 6 篇を収録。　**本体 3500 円**

アーサーの甥ガウェインの成長記◉瀬谷幸男訳

中世ラテン騎士物語　ガウェインの誕生と若き日のアイデンティティ確立の冒険譚！　婚外子として生まれた円卓の騎士ガウェインの青少年期の委細を知る貴重な資料。原典より待望の本邦初訳。　**本体 2500 円**

中世イタリア民間説話集◉瀬谷幸男・狩野晃一訳

作者不詳の総計百篇の小品物語から成る『イル・ノヴェッリーノ』の完訳。中世イタリア散文物語の嚆矢。単純素朴で簡明な口語体で書かれ、イタリア人読者（聴衆）層のために特別に編纂された最初の俗語による散文物語集。　**本体 3000 円**

名婦列伝◉ジョヴァンニ・ボッカッチョ

ラテン語による〈女性伝記集〉の先駆をなす傑作、ついに邦訳！　ミネルヴァ、メドゥーサ、女流詩人サッポー、クレオパトラほか、神話・歴史上の著名な女性たち106名の伝記集。原典より本邦初訳。(瀬谷幸男訳)　**本体 5500 円**

カンブリア王メリアドクスの物語◉瀬谷幸男訳

中世ラテン騎士物語　メリアドクス王の波乱万丈の冒険譚！　中世ラテン語で著されたアーサー王物語群の１つを原典より本邦初訳。『アーサーの甥ガウェインの成長記』に続く、中世ラテン騎士物語第２弾。　**本体 3000 円**

好評発売中